XXL 레오타드
안나수이 손거울

XXL 레오타드 안나수이손거울

박찬규·이양구·한현주 청소년희곡집

제철소

일러두기

1. 이 책에 수록된 희곡 세 편은 (재)안산문화재단이 주최한 'ASAC B성년 페스티벌' 공연 참가작으로, 2015년 10월 19일부터 11월 22일까지 안산문화예술의전당 별무리극장에서 초연했다. 〈XXL레오타드안나수이손거울〉은 전인철이 연출을 맡고 백성철, 윤미경, 김민하, 오정택, 박예서, 안병식이 출연했다. 〈쉬는 시간〉은 이연주 연출에 배우 최요한, 조시현, 유명상, 박희정, 박민우, 신환희가 함께했다. 박해성이 연출을 맡은 〈3분 47초〉는 오대석, 김한나, 김훈만, 신윤정이 출연했다. 한편 〈XXL레오타드안나수이손거울〉과 〈쉬는 시간〉의 경우, 각각 김제 지평선고등학교와 안산 강서고등학교 학생들이 따로 연습해 초연 무대에서 하루 함께 공연하였고, 관객들과 대화를 나누었다.

2. 이 책의 공연 저작권은 해당 작품을 쓴 작가에게 있으며, 공연과 관련한 모든 사항은 반드시 작가의 허락을 받아야 한다.

3. 이 책은 국립국어원의 한글 맞춤법 규정을 따랐으나, 희곡이라는 장르적 특성상 십대의 표현이나 입말 등은 최대한 살리고자 했다.

차 례 ————————————————————————

머리말 •••••• 6

머 리 말

시선의 담벼락, 그 앞에 서서

이 책의 독자에 대해 생각해본다. 특히 청소년 독자를. 각각의 희곡을 쓴 세 명의 작가는 다소 불안한 눈빛으로 그들의 반응을 초조하게 지켜볼 것이다. 그들이 내뿜는 콧김과 시선의 움직임, 여러 가지 의미의 탄식 등이 지금 이 순간에도 내 피부와 눈 그리고 귓가에 와 닿는 듯하다. 이토록 긴장할 수밖에 없는 것은 당연하다. 청소년극을 쓰면서 가지는 가장 큰 두려움은 혹여라도 그들을 대상화할 수 있다는 위험을 떠안는 것이다. 어른의 시선으로 바라보는 것은 아닌지, 그들의 삶을 어설프게 그리고 있는 건 아닌지 항상 되묻게 된다. 물론 이야기의 한 축으로 어른의 시선은 포함될 수 있으며, 그로 인해 갈등이 생길 수도 있다. 「3분 47초」가 그 예인데, 극 중에서 학교 폭력에 대해 권위적이면서도 속물적으로 대처하는 교사의 태도는 가해자만큼이나 공분을 일으킨다. 혹은, 「XXL

레오타드안나수이손거울」에 등장하는 선생님처럼 적극적인 도움을 주지는 않지만 균형감을 갖춘 관찰자로서 아이들의 세계 안에 함께하기도 한다. 결국 중요한 것은 시선이다. 아이들의 시선과 아이들을 둘러싼 세계의 시선.

세 작품 모두 이 '시선'을 다루고 있는데, 이에 대해 가장 강력하게 문제를 제기하는 것은 「XXL레오타드안나수이손거울」이다. 작품에서 그려지는 같은 아파트와 같은 학교, 같은 사교육 수업의 현장은 중산층 아이들의 '안전한 미래'를 위한 환경 조성의 역할만 하는 것은 아니다. 그 자리에서는 배제의 시선이 자라난다. 자신들만의 공고한 울타리를 위해 전제되어야 하지만, 그 울타리 안에 있는 누군가가 남몰래 다른 행동을 하기 시작하면 그 배제의 시선은 더 강력한 힘을 발휘한다. 그것은 공포다. 때문에 그 행동이 자기의 정체성을 인식하는 과정임에도 숨길 수밖에 없다.

「쉬는 시간」의 인물 '민우'는 우등생임에도(혹은 우등생이어서) 쉬는 시간에 책에서 눈을 떼지 못한다. "놀고 있는 나를 보는 내"가 있기 때문이다. 경쟁에서 오는 긴장과 강박감이 자신을 억압하고 감시하는 시선으로 왜곡된 것이다. 자신을 관찰한다는 것은 스스로를 객관화시키는 힘을 기르기도 한다.

하지만 민우의 시선은 그러한 종류의 것이 아니기에 가혹하기만 하다. 우리의 공교육 현실에서 수업 시간에는 일방적인 시선밖에 존재하지 않는다. 하지만 쉬는 시간에는 짧게나마 오가는 시선을 통해 서로의 존재를 확인할 수 있다. 민우가 자신의 시선에 대해 털어놓을 수 있는 것도 쉬는 시간이 있어 가능하다. 작품 속에서 때로는 긴박하게, 때로는 나른하게 확인되는 아이들의 시선과 갖가지 감각은 특별한 사건 없이도 청소년의 일상을 드러낸다.

「3분 47초」에서는 하나의 폭력 사건에 대한 다양한 목격자의 시선이 그려진다. 그 시선 안에서 인물들은 자신의 발톱을 감추고 스스로를 정당화한다. 과거에 학교 폭력을 저지른 적 있는 주인공이 이번에는 목격자가 되어 폭력의 상황을 지켜보며 누구보다 쾌감을 느낀다. 그는 그런 자신을 숨기고 사회가 요구하는 목격자로서의 역할만 수행하면 되지만 자신의 시선 가득 들끓었던 쾌감은 이제 불편한 죄책감으로 작동한다.

우리는 이 같은 불완전한 시선을 위험하다고만 판단하고 있는 건 아닐까. 애초에 위험의 소지를 차단하기 위해 하나의 시선을 강요하고 있는 건 아닐까. 그 시선이 영원히 변치 않을 확고한 것일 수 있을까. 이 책에 실린 세 편의 이야기가 아이들에게 헤맬 수 있는 권리와 여러 가지 시선을 경험할 수 있는 권리를 내어줄 수 있으면 좋겠다. 이야기는 자신이 헤매고 있는 자리를 둘러보게 하고, 자신과 함께 헤매는 사람들을 들여다보게 해주니까. 시선의 담벼락이 왜 높고 단단한지를, 그리고 어떻게 허물 수 있는지를 생각해보게 만드니까.

　이야기로서의 희곡을 읽는 게 익숙한 일은 아니므로 쉽지 않을 수도 있겠다. 이 책에 함께 실은 '무대 노트'와 '연출 노트'가 각 작품의 무대를 상상하면서 읽는 데 도움을 줄 수 있지 않을까 싶다. 물론 이는 직접 공연을 올리는 과정에 도움이 되었으면 하는 바람에서 제시한 것이기도 하다. 세 편의 희곡은 모두 공연된 작품이다. 그래서 '무대 노트'는 실제 무대의 디자인으로, 좀 더 구체적인 밑그림을 제시한다. 물론 이 또한 하나의 예시이므로, 보다 다양한 무대가 상상되기를 디자이너도 기대할 것이다. 이 책이 '읽는 연극'뿐만 아니라, '하는 연극'의 작은 토대가 될 수 있기를 바란다.

　마지막으로 지난해 관객들과 만날 수 있는 기회를 마련해준 안산문화재단과 관계자분들에게 감사의 인사를 전한다.

2016년 9월 한현주

XXL레오타드 안나수이손거울

박찬규

등장인물

홍준호	18세, 남자
강희주	18세, 여자
임태우	18세, 남자
박희관	18세, 남자
최민지	18세, 여자
조영길	45세, 남자, 체육 교사

1

3월 마지막 주 금요일 오후 5시.

희주가 학교 운동장 철봉에서 매달리기를 하고 있다.

바들바들 떨리는 몸으로 철봉에 매달려 있다가 이내 떨어진다.

자신의 휴대폰 스톱워치를 확인하곤 불만족스러운 표정을 짓는다.

희주가 다시 철봉에 매달린다.

농구공을 든 조영길이 은근슬쩍 나타나 희주 옆에 매달린다.

영길　　할 말이 뭐냐?

희주　　잠, 잠시만요.

영길　　매달리기는 악력과 손목 힘이 기본이다.

　　　　그 밖에 삼두근과 삼각근이 뒷받침돼야 오래 매달
　　　　릴 수……

영길이 말을 채 끝맺지 못하고 희주보다 먼저 떨어진다.

영길은 다시 매달리지 않고 괜히 농구공을 튕긴다. 어설프다.

영길　　기본적으로 근력과 지구력이 바탕이 돼야 한다는 거.

자세 흐트러진다.

지금 얼마나 매달렸다고 철봉에 목이 닿냐.

어허! 다리 꼬지 말고! 무릎 펴! 무릎!

체육교육학과가 그렇게 물로 보여?

그래가지고 숙대나 건대 가겠어?

희주   (철봉에서 내려온다.) 샘 때문에 집중 안 돼요.

영길   너 지금 상체로 어림도 없어. 너무 부실해.

웨이트부터 차근차근 다시 해야 할 것 같다.

(농구공을 희주에게 던지며) 농구 연습은?

기능 비중 낮아졌다고 해도 그게 은근히 발목 잡

는다.

희주   요즘 알바 시간 연장해서 바빴어요.

영길   얼마 전에 빅맥 땡겨서 들렀는데 너 없던데.

희주   언제 오셨는데요?

영길   체험학습 하던 날 있잖아.

희주   그날, 매니저가 손님 없다고 밖에서 놀다 오라고

했어요.

영길   시급은?

희주   당연히 안 주죠.

영길   강희주. 너 알바 1년 넘게 했다면서 그딴 거 불법

인 건 몰라?

같이 일하는 대학생 언니오빠들은 가만히 있디?

희주 언니들도 손님 없으면 조기퇴근 시켜요.

영길 걔들도 그냥 군소리 없이 집으로 가고?

희주 그 언니들 알바 경력 짧아서 다 나한테 물어봐요.
아무것도 몰라요.

영길 넌 아는 거 있냐, 인마. 1년 넘게 패티 굽고 감자
튀기면 뭐하냐.
정작 중요한 건 하나도 모르는데. 그러니깐 맨날
호구나 잡히고.

희주 선생님. 저 오늘 학원 수업 있어요. 빨리 가봐야
돼요.

영길 가봐. 누가 너 붙잡니.
(혼잣말) 앞으로 절대 빅맥 먹지 말아야지. 양아치
짓을 해도 적당히 해야지.

희주 제가 드릴 말씀 있다고 했잖아요.

영길 말해. 누가 말 못 하게 하니.
(혼잣말) 교복만 입으면 애들이 무슨 홍어 좆으로
보이나.

희주 선생님! 저 시간 없다구요!

영길 학원 6시까지 아니냐? 아직 한 시간이나 남았다.

운동장 딱 세 바퀴만 뛰고 얘기하자.

아까 보니깐 몸이 굉장히 딱딱해 보이더라.

일단, 스트레칭부터 하고.

희주, 영길의 말을 무시하고 무대 밖으로 뛰어나간다.

영길　　이 자식이! 선생님이 말하고 있는데 어디 가!

희주　　세 바퀴 돌고 얘기하자면서요.

영길　　호흡 신경 쓰고! 스텝이랑 같이!

　　　　　흐. 흐. 호. 호. 흐. 흐. 호. 호.

영길이 희주를 따라 뛰어나간다.

태우와 희관이 팝핀을 추며 들어온다. 몸이 딱딱해 보인다.

영단어 노트를 손에 든 준호가 한 손으로 배를 만지면서 둘을 따라

들어온다.

희관　　(춤을 추며) 어때?

준호　　뼈 빠졌냐?

태우　　수행평가 때 이런 거 쳐도 되나 모르겠다.

　　　　　너무 경박하고 세속적인 거 같아.

희관	영길이가 어떤 춤이든 상관없다고 했잖아.
	이번에 올드스쿨 버전으로 제대로 해보자.
준호	(운동장 한쪽을 가리키며) 영길이 달리기한다.
희관	엄청 힘들어한다. 저러다가 죽는 거 아니야?
태우	넌 준비 안 해?
준호	호진이 그 새끼 축구하다가 발가락 금갔잖아.
태우	파트너 빨리 구해야지. 웬만한 애들 다 구했어.
준호	3주나 남았는데 벌써?
태우	영길 샘이 꼭 짝지어서 하라고 했잖아.
	연습하는 동안 파트너 관찰일지도 쓰라고 했고.
준호	초딩도 아니고, 관찰일지가 뭐냐.
희관	강희주, 아직 못 구한 거 같던데. 쟤랑 하면 되겠네.
준호	뒤질래?
태우	희관아. 장난이라도 그렇게 심한 말 하는 거 아니야.
희관	똘추치고는 조용하던데.
태우	저러다가 흥분하면 샤프랑 볼펜 다 부수고, 심하면 도벽도 나타난대.
	1학년 때 양호실에서 자해했던 거 너도 알지?
희관	강희주랑 민지랑 중학교 때 항상 붙어 다니지 않

왔냐?

태우   같은 302동 살아서 어쩔 수 없이 같이 다녔을걸.

그리고 쟤 이사 간 지가 언젠데.

준호   여하튼 얘기 그만하자. 뒷목 차가워진다. (영단어

책을 넘겨본다.)

태우   맞다! 너 영어랑 과탐 인강 노트 보냈어?

준호   아까 컴퓨터실에서 보냈다. 확인해봐.

태우   웬만하면 컴퓨터실에서 중요한 거 보내지 마.

나 저번에 수업 끝나고 컴퓨터 좀 썼다가

강희주, 쟤가 내 USB에 든 거 싹 다 지워놨다.

기출문제며 인강 정리한 거며.

준호   진짜?

태우   쟤가 다음 달까지 컴퓨터실 당번이잖아.

허락 안 맡고 쓰면 굉장히 공격적으로 변하더라.

준호   나도 쟤가 몇 번 난리 쳤거든.

쌩까고 그냥 써도 아무 일 없었는데.

태우   USB 꽂아놓고 중간에 자리 비운 적 있어?

준호   (사이) 아까 배가 너무 아파서 아주 잠깐 비웠어.

태우   너 어제 포맷한다고 거기다가 다 옮겨놨다며.

준호   그렇긴 한데. 누가 건드린 흔적은 없었어. 자료 다

그대로였어.

희관　　너 미유키 언니 거도 다 지웠어?

준호　　어제 컴퓨터 포맷하면서 다 지웠어.

　　　　민지도 있는데 '손양'이랑 친해지는 것도 좀 미안
　　　　하고.

희관　　쓸데없는 거에 죄책감 좀 느끼지 마.

　　　　우리 나이에 '손양'이랑 안 친하면 그게 고자지.

준호　　됐고.

　　　　(태우에게) 이번 주말에 스터디 있으니깐 내가 보
　　　　낸 거 다 외워 와.

태우　　다음 주 아니었어?

준호　　너희 엄마한테 못 들었어?

　　　　다음 주에 과탐 선생이 갑자기 스케줄이 생겨서
　　　　못 온대.

희관　　태우랑 주말에 롤챔스 직관 가기로 했어.

준호　　다음에 가.

희관　　저번에도 그러더니. 씨발, 이게 몇 번째야!

준호　　중요한 모임이라 그래.

　　　　그거 아프리카랑 케이블에서 다 중계해주잖아. 집
　　　　에서 보면 되겠네.

태우　　희관아. 미안하다.

　　　　새로운 경험을 할 수 있는 기회였는데, 후일을 기

약하자.

준호   무슨 인터넷 게임을 돈을 내고 봐.

하여튼 덕후 티를 내요.

태우   화난 거 아니지?

준호   (태우에게) 그 선생님, 민지네 엄마가 어렵게 모셨
단다.

노트 꼼꼼히 보고 와.

희관   스터디 나도 갈래.

준호   뭔 소리야?

희관   너희 가는 거. 나도 가겠다고.

준호   너 와도 하나도 못 알아들어.

희관   내가 왜 못 알아듣는데.

준호   1등급 나오는 애들이 푸는 문제들이야.

그리고 아무나 오는 데 아니다.

희관   어떤 애새끼들이 가는 건데?

준호   원래 모이던 애들도 있어.

희관   아 - 위브 3단지 애들만 한다는 거.

'위브클럽'인가 뭐 그거냐?

유명한 인강 선생들한테 졸라 매직노트 같은 거
받는다며?

나도 공유 좀 하자.

　그거 어떻게 들어가는 건데?

준호　지랄하지 말고 피시방에서 게임이나 해, 새끼야.

희관　어떻게 가입하는 거냐고!

태우　그거 어머니들끼리 만든 모임이라 우리도 잘 몰
　　　라.

희관　쟤네 엄마가 거기 졸라 돼지엄마라매. 꿀꿀꿀.

준호　아가리 함부로 놀리지 마라.

태우　쟤네 엄마 돼지엄마가 맞는데. 졸라가 뭐고 꿀꿀
　　　꿀은 뭐니. 사과해.

희관　미안해. 꿀꿀꿀 ‒.

준호　(바짝 다가간다.) 씨발놈아! 아가리 닥치라구!

희관　그렇다고 니가 갑자기 내 앞에 불쑥 다가오면……
　　　(잠시 노려보다가 시선을 피하며) 내가 부끄러워지잖
　　　아. 쑥스러워서 눈도 못 마주치겠네.

도발하던 모습은 순식간에 사라지고 희관이 준호와 어깨동무하면서
살갑게 군다.

희관이 점점 더 심한 스킨십을 하다가 준호의 배를 만진다.

희관　요즘 운동 많이 하나 보다.

준호　손 치워라.

희관   오호- 엄청 딴딴해.

준호   손 치우라구!

희관   (분위기에 눌려 태우 쪽으로 몸을 피한다.) 저 새끼 완
       전 돌덩이야, 돌덩이.
       (태우의 몸을 만지며) 전엔 저 정돈 아니었는데.

태우   넌 말할 때 남의 몸 좀 더듬지 마. 상당히 불쾌해.

희관   언제!

태우   방금 나의 어깨와 옆구리 터치했잖아.

준호   기분 더럽다고.

희관   어깨동무도 못 하나.

태우   남자끼리 살 닿는 거 엄청 예민한 사람 있어. 준호
       재처럼.
       모든 것은 상대적인 거야. 역지사지.

준호   니가 괜찮다고 상대방도 괜찮다고 생각하지 마.

희관   내가 좀 경솔했다. 미안하다.
       (준호에게) 친구야. 내가 사과하는 차원에서 신기
       한 거 보여줄게.
       여기 잡고 살짝 흔들어봐. 어서.

준호가 마지못해 태우의 손끝을 잡고 흔든다.

희관이 몸에 웨이브를 준다.

잠시 뒤 운동장을 다 돈 희주가 들어와 호흡을 고르며 가볍게 스트
레칭을 한다.

곧이어 숨을 헐떡이며 영길이 다가온다.

영길   뭐 하니! 준호 너도 웨이브를 같이 줘야지.

　　　　비켜봐, 인마. (태우의 손을 잡고 어깨를 이용한 간단
　　　　한 웨이브를 선보인다.) 이렇게!

희관   오! 선생님.

영길   인마. 너희 각기 아냐? 각기!

태우   각기요?

영길   (관절을 꺾는다.) 이게 사이키 조명 받으면 엄청났
　　　　다.

　　　　옛날에 이태원에서 '조영길' 하면 게임 끝이었는
　　　　데.

희관   오! 선생님.

영길   소강당 정리는 다 했냐?

태우   지금 하려구요.

영길   뜀틀이랑 평균대 창고에 잘 가져다 놔라.

태우, 준호, 희관 나간다.

영길이 희주에게 다가가 같이 스트레칭을 하려고 한다.

희주가 외면한다.

희주   저 이번 수행평가 혼자 하면 안 될까요?

영길   응. 안 돼. 이번에 꼭 둘이서 해야 돼.

웨이브랍시고 지렁이춤을 춰도 좋으니깐. 무조건 둘이 같이해.

여자애들 중에서만 찾지 말고, 남자애들도 한번 봐봐.

아직까지 짝 못 구한 애들 있는 거 같더라.

이번 기회에 남자랑 삼바 같은 거 추면 좋잖아.

희주   선생님. 저 아시잖아요.

영길   알아. 너 전교에서 소문난 왕따 거.

그거 아는데. 꼭 둘이 해야 한다.

희주   선생님.

영길   아직 4월도 안 됐어. 좋은 기회잖냐.

(휴대폰으로 전화를 걸며) 수행평가 점수 낮으면 너만 손해인 거 알지?

그리고 학원에다가 상체 근력 좀 신경 써달라고 해.

(휴대폰을 받으면서 나간다.) 선생님. 저 조영길입니다. 다른 게 아니라요.

오전에 교무회의에서 나온 2학년 생활지도 있잖
아요.

그거 관련해서 제가 드릴 말씀이 있다고.

네? 퇴근하셨다고요?

희주가 기운 빠진 얼굴로 홀로 남는다.

무대 서서히 어두워진다.

2

같은 날 밤 9시.

트랙탑과 반바지를 입은 준호가 방에서 태우와 통화를 하고 있다.
준호의 방 벽에 "The only true currency in this bankrupt world is
what you share with someone else when you're uncool."이라고 쓴
종이가 붙어 있다.

준호 솔직히 희관이 그 새끼 볼 때마다 한심하다, 한심
해.
게임으로 승부 볼 거면 거기에 올인을 하든가. 애
새끼 그럴 배짱도 없으면서.
(열심히 팔굽혀펴기를 한다.) 괜히 우리한테 자격지
심이냐고.
우리가 걔 임대 산다고 하대한 적 있어? 서러우면
우리 단지 살든가.
(사이) 그 새끼 우리 단지 살아도 내신 등급 딸려
서 안 돼.
3등급인가 4등급이잖아.

그리고 그 새끼 제일 짜증 나는 게! 말할 때마다
왜 남의 몸을 만지냐고!
변태 새끼. 맘 같아서는 예전처럼 졸라게 밟고 싶
은데.
하여튼 잘해주면 기어오른다니깐.
또 갑자기 빡치네. (사이) 알았다. 카톡해라.

준호가 더운지 트랙탑을 벗고 윗몸일으키기를 한다.

얼핏 보면 꽉 끼는 민소매 티셔츠 같지만 어딘가 야릇한 옷이다.

준호가 윗몸일으키기를 하다가 전신 거울에 비친 자신의 모습을 바
라본다.

이마와 팔뚝이 땀으로 촉촉하게 젖은 자신의 모습이 맘에 드는지 반
바지를 벗는다.

준호가 입고 있던 옷의 정체가 밝혀진다. 여성용 레오타드다.

준호는 거울 앞에서 자신의 근육들이 돋보이는 몇 가지 포즈를 잡고
미소 짓는다.

그런 자신의 모습을 휴대폰 카메라로 연신 찍는다.

준호의 휴대폰이 울린다.

준호가 사진 찍는 걸 멈추고 전화를 받는다.

준호   오늘 학원 늦게 끝났네.

민지 보강 있었어. 뭐해?

준호 오늘 일찍 좀 자려고.

민지 미치게 피곤하다. 눈이 빠져나올 것 같아.

준호 빨리 들어가서 쉬어. 너희 엄마 아직 안 오셨어?

민지 오고 있대. 요 앞이래.

그건 그렇고 지금 학교 홈페이지 난리 난 거 알아?

준호 뭔 소리야?

민지 한번 들어가봐. (키득거리며) 세상에 미친놈들 많아.

준호 왜 그러는데?

민지 여자 레오타드 입은 남자애 사진이 올라왔어. 셀카로 찍은 거 같은데.

준호 ……뭐?

민지 레오타드가 엄청 야해. 레이스랑 망사로 된 건데 등도 엄청 파였다.

준호 누, 누군데?

민지 얼굴 모자이크해놔서 누군지는 모르겠고,

사진 밑에 우리 학교 2학년 애라고 쓰여 있던데.

누구지? 우리 반에 이런 정신 나간 애는 없는 거 같은데. 너희 반 아니야?

짐작 가는 애 있어? (짧은 사이) 나 엄마 왔다.

(엄마에게) 엄마. 우리 학교 어떤 변태가 학교 홈페

이지에 여자 레오타드를 입고…….

(준호에게) 좀 있다 연락할게.

민지의 전화가 끊긴다.

준호의 얼굴이 참담하게 굳어진다.

카톡이 쉬지 않고 울린다.

재빨리 학교 홈페이지에 접속해 사진을 확인한다.

준호는 넋이 나간 듯 절망한다.

준호의 휴대폰이 요란하게 울린다.

넋을 놓고 있던 준호가 휴대폰을 한동안 바라보다가 받는다.

준호　　……여보세요? 여보세요? ……누, 누구?

같은 날 밤 9시 30분.

트레이닝복 차림의 희주가 소강당으로 달리기를 하면서 들어온다.

가벼운 스트레칭과 함께 스쿼트를 한다.

준호가 주위를 살피며 조심스럽게 들어온다.

불안한지 소강당에 켜진 불을 거의 다 끄고 한 개만 남겨둔다.

희주　　　운동하는 거 안 보여?

준호　　　나야. 홍준호.

희주　　　불 켜.

준호　　　야자하는 애들도 있는데 왜 하필 여기야.

희주　　　불 켜라고.

준호　　　너랑 같이 있는 걸로 괜한 오해 사고 싶지 않다.

희주　　　이렇게 어두컴컴한 데 같이 있으면 더 오해하지
　　　　　않을까.

준호　　　내 사진 돌려줘.

희주　　　니 하는 것 봐서.

준호　　　내 사진은 어떻게 구했냐?

희주　　　남들 다 보라고 컴퓨터실에 USB가 떡하니 꽂혀
　　　　　있더구만.

　　　　　내가 웬만해선 그냥 놔두려고 했는데.

　　　　　니가 평소에 내 말을 허투루 들었던 게 기억나서.

　　　　　니 꼴리는 대로 쓸 땐 좋았지?

준호　　　컴퓨터실 맘대로 몇 번 쓴 거 치고 졸라 가혹하잖
　　　　　아!

　　　　　넌 재미로 할지 몰라도 한 사람 인생이 달린 문제
　　　　　라고!

씨발! 남의 사적인 사진을 학교 홈페이지에 올려
놓고 지랄이야.

희주 얼굴은 모자이크해줬잖아.

준호 내 사진 내놔!

희주 니 지금 말하는 꼬라지 보니깐 주기 싫어진다.

준호 (심호흡을 깊게 여러 번 한다.) 욕한 거 미안. 내가 순
간 욱했다.

사진 돌려줘.

희주 그냥은 안 되고.

나랑 체육 수행평가 좀 같이하자.

준호 뭐?

희주 너랑 같이하기로 했던 애 다리 다쳐서 못 한다며.

3주 뒤에 발표니깐. 그때까지만 나랑 같이 연습하
자구.

월, 목 일주일에 두 번. 한 시간씩.

준호 안 하면?

희주 모자이크된 니 얼굴 궁금해하는 애들 무지 많아.

여자 레오타드 입고 즐거워하는 감성변태로 졸업
할 건지.

아니면 왕따랑 3주 춤 연습하는 걸로 끝낼 건지.

내일까지 결정해서 카톡 줘라.

준호   내가 니 말을 어떻게 믿어.

　　　내 사진 볼모로 계속 나 괴롭힐지 어떻게 아냐구.

희주   못 미더우면 내가 말하는 거 녹음하든가.

　　　각서라도 한 장 써줄까? (가방을 챙긴다.)

준호   너랑 수행평가만 같이하면 내 사진 다 지워주는

　　　거지?

희주   평생 속고만 살았나.

　　　내일까지다.

희주가 나간다.

준호, 멍하니 희주의 뒷모습을 바라보다가 소리를 꽥하고 지른다.

3

사흘 뒤, 월요일 오후 4시 30분.

학교 인근 공원.

태우, 희관, 민지가 아이패드로 사진을 보고 있다.

희관	졸라 극혐이다, 극혐이야. 사내새끼가 입을 게 없어서…… 여자 발레복을.
태우	참담해. 이 세계가 앞으로 어디로 가려는지.
민지	우리 학교에 이런 애가 있다니 소름 돋는다.
태우	내가 톨레랑스를 발휘해서 이 친구를 이해하려고 무지 노력했는데…….
	도무지 용납이 안 돼.
희관	배경이 딱 3단지야.
민지	나도 그 생각 했는데.

준호가 힘없이 자전거를 끌고 들어온다.

민지	준호야. 레오타드 호모 있잖아. 걔 우리랑 같은 단

지 사나 봐.

준호   뭐? 그, 그걸 어떻게 알아?

희관   안쪽에 붙박이장 있고, 오른쪽이 통유리인 거 보면 확실하다니깐.

준호   넌 거기 살지도 않잖아.

희관   몇 번 놀러 간 적 있어.

준호   1단지랑 2단지도 붙박이장이랑 통유리 있어.

그리고 학교 앞에 있는 자이랑 아이파크도 3단지랑 방 구조 똑같아.

희관   (아이패드 속 사진을 가리키며) 이 새끼 보니깐 타이트한 옷에 편안함을 느끼는 것 같아.

태우   스키니도 있고, 요즘 남자 옷이 얼마나 다양한데.

나이키랑 아디다스 가봐. 몸에 딱 붙는 운동복이 얼마나 많아!

희관   얘는 그런 거에 만족을 못 느끼는 거야. 우리랑 단위가 다르다고.

계집애들 특유의 장식이나 샤방한 디자인 보면 흥분하는 스타일이야.

내가 백 퍼센트 장담하는데,

이 새끼 팬티스타킹이랑 T팬티 같은 거 입고 셀카질 했을 거야.

민지	진심 토 나와.
태우	이런 게 다 동성애 초기 단계야.
	여자 옷 보면 막 흥분하고 여자 속옷 입으면서 행복해하는 애들 보면,
	나중에 다 게이 짓하고 성전환 하고. 하여튼 그렇대.
준호	누가 그래?
태우	우리 부모님부터 목사님, 전도사님, 집사님, 권사님까지 다 그러더라.
준호	개취일 수 있잖아. ⋯⋯취미일 수도 있고.
태우	그 많고 많은 취미 중에 왜 이런 말도 안 되는 취미를 가져야 하는 건데.
	하여튼 이딴 걸 개취로 인정하면 대한민국 소돔과 고모라 돼.
	이런 애들은 빨리 밝혀내서 격리시켜야 돼.
민지	(사진을 가리키며) 체형이 준호 너랑 되게 비슷한 거 같아.
희관	내 말이! 내 말이! 내가 하고 싶었던 말이 그 말이야!
준호	(사진 속 포즈를 취하며) 그렇지? 포즈도 똑같고. 정말 나랑 똑같다.

희관　　　(사이) 왜 이렇게 오버해?

준호　　　너희가 생사람 잡잖아, 지금.

민지　　　말이 그렇다는 거지.

태우　　　(휴대폰 문자를 확인한다.) 오늘 영길 샘이랑 상담
　　　　　있어서 가봐야겠다.

민지　　　니네 담임은 왜 이렇게 상담을 자주 해?
　　　　　담임 중에 제일 바쁜 것 같아.

태우　　　다른 샘들 귀찮아서 기간제 샘들한테 넘기는 거
　　　　　다 자기가 하잖아.
　　　　　바쁠 수밖에.

희관　　　영길이 걘 꼭 쓸데없는 거에 후까시를 잡는다니
　　　　　깐.

민지　　　너희 다음 주 목요일날 내 생일인 거 알지? 빕스
　　　　　가자.

태우와 희관이 환호하며 나간다.

민지가 아이패드로 홈페이지에 올라온 사진을 본다.

준호　　　그만 봐. 남자애가 발레복 입은 게 뭐가 그렇게 신
　　　　　기하다고.
　　　　　호기심에 한번 입어볼 수도 있는 거잖아.

민지   너 아까부터 애한테 되게 호의적이다.

준호   내가 언제!

민지   지금.

준호   너도 알지? 레오타드 입는 거 비정상 아닌 거.
      너 논술 준비하면 개인적 취향 존중해야 된다는
      거 나오잖아.

민지   논술, 그런 입장에서 풀면 수월한 것도 사실이지.
      근데 심정적으로 확 와 닿지는 않는다.

준호의 휴대폰이 울린다. 준호가 발신자를 확인하고 받지 않는다.

민지   누구야?

준호   안 받아도 되는 전화야.

민지   (자신의 물건을 챙기며) 체육 수행평가 짝은 구했
      어?

준호   아, 아직. 구해야지.

민지   빨리 구해. 짝 못 구해서 폭탄들이랑 하지 말고.
      강희주 같은.

준호   (짧은 사이) 걔 많이 이상하지?

민지   알면서 뭘 물어.

준호   (민지의 눈치를 보다가) 너, 걔랑 예전에 친하지 않

았어?

민지 　걔가 나한테 관심이 많았어. 내가 듣는 음악, 입는 옷 같은 거에.

　　　가고 싶은 과도 나랑 비슷했고.

준호 　언론 쪽? 그러면 1, 2등급 나와야 하지 않나.

민지 　부모님 이혼하기 전까지 성적 꽤 좋았어. 지금은 모르겠지만.

　　　그런 애가 지금 달리기하고 매달리기 하는 거 보면 웃기긴 하다.

준호 　왜 멀어진 거야?

민지 　있지도 않은 말을 하고 다니잖아.

　　　우리 엄마 아빠가 날 때린다는 둥 뒷담화 까고 다녔어.

　　　(안나수이 손거울을 본다.) 근데, 갑자기 강희주는 왜?

준호 　(급하게 화제를 전환한다.) 못 보던 거다. 오- 안나수이!

민지 　엄마가 생일선물 미리 해줬어.

준호 　예쁘네.

민지 　너 속으로는 비웃고 있지?

준호 　아니야.

민지	우리 엄마 징하지?
	나도 매년 같은 선물 받는 거 지겹다.
준호	너랑 잘 어울려. (손거울을 가리키며) 장미랑 나비 장식 예뻐.
민지	(손거울을 들어 자신의 얼굴을 보며) 장미에 뭐가 앉아야 어울릴까?
	나방이나 파리가 장미에 어울릴까?
	썩은 계란이나 죽은 고양이. 나방이나 파리는 그런 데 앉는 거야.
	너한테 파리나 나방이 앉게 하지 마.
	알았니?
준호	뭐야?
민지	엄마가 생일선물 주면서 매년 나한테 하는 말.
	(손거울을 가방에 아무렇게나 집어넣는다.)
	나 머리 너처럼 짧게 커트 칠까?
	아니면 〈매드맥스〉 그 여자처럼 아예 반삭할까?
준호	무슨 일 있어?
민지	엄마가 아침마다 내 머리 빗겨주는 것도 짜증 나.
준호	엄마랑 싸웠어?
민지	요새는 날카로운 거로 빗겨주는 느낌이야.
준호	이번 모의고사 때문에 그래?

그거 신경 쓰지 말라니깐. 이번에 문제가 애매한

게 많았어.

민지   준호야. 나 안아줘.

준호   너희 엄마 올 시간 됐어.

민지   안아달라고.

준호가 주위를 살피며 민지의 어깨를 안는다.

민지가 준호를 꼭 껴안는다.

준호도 민지를 따뜻하게 안아준다.

민지가 준호의 온기가 좋은 듯 교복 셔츠 안으로 손을 집어넣어 배

를 만지려 한다.

준호가 황급히 민지에게서 떨어진다.

준호   민지야. 민지야. 학교 앞 공원이잖아.

민지   그게 뭐가. 나 니 배 좋아.

준호   내 배 좋아하는 거 알지. 아는데.

민지   니 배 만지면 기분이 좋아져.

준호   널 위해서 나도 그러고 싶어.

     진심 그러고 싶은데.

     배에 좀 이상한 게 났어.

민지   뭐가 어떻게 났는데. 봐봐.

준호	(휴대폰이 울린다.) 잠깐만. 잠깐만. 전화 왔다.
민지	누군데?
준호	안 받아도 되는 전화인 줄 알았는데. 계속 오네.
민지	그러니깐 누군데?
준호	내가 나중에 말해줄게. 학원 잘 갔다 와. 열공! 나 간다.

준호가 자전거를 타고 재빨리 나간다.

민지가 아쉬운 듯 그런 준호의 뒷모습을 바라보다가 나간다.

같은 날 오후 5시.

아파트 단지 밖 한적한 공터.

맥도날드 유니폼을 입은 희주가 짜증스럽게 휴대폰 시간을 본다.

준호가 들어온다.

희주	뭐 하자는 거야. 4시 반에 만나기로 했으면서 지금 나타나면 어쩌자구.
	늦으면 늦는다고 연락을 하던가! 아니면 전화를 받던가!
	게다가 오늘 오전 수업이라 일찍 끝났잖아.

준호   30분 늦은 거 가지고 난리냐!

        정확히 5시 반까지 연습하는 거다. 나 오늘 과외

        도 있고 하니깐 꼭 지켜.

희주   너 인생 되게 띄엄띄엄 산다.

준호   벌써 5분 지났어. 난 딱 5시 반이면 갈 거야.

희주   안 되겠다. 나머지 사진도 다 올려야지.

준호   뭐?

희주   모자이크고 뭐고 바로 올려야겠다.

준호   야! 너 이렇게 상스럽게 나올 거야?

희주   누가 먼저 졸렬하게 굴었는데!

        30분이나 늦은 새끼가 미안하다는 말도 없이 어

        디서 큰소리야!

        너만 과외 받고 학원 가는 줄 알아? 나도 할 거 많

        아. (가방을 멘다.)

준호   야! 어디 가?

희주   니가 분위기 좆같이 만들었잖아!

준호   알았어. 알았어.

희주   뭘 알았는데?

준호   (사이) 미안. 늦은 거 미안.

희주   너 이러고 또 늦을 거잖아.

준호   절대 안 늦을게.

희주	늦으면?
준호	니 맘대로 해. 그러니깐 이번 한 번만 봐줘.
	나 원래 약속 졸라 잘 지켜.
희주	나 빡치게 하지 마.
준호	아까 한 말 없던 거로 하는 거지?
희주	너 하는 거 봐서. 일단, 몸부터 풀어.
준호	(주위를 살피며) 저기…… 연습할 데 여기 말고 없어?
희주	여기 폐공터라 사람 거의 안 와.
준호	(희주의 옷을 가리키며) 옷은 또 뭐야? (어영부영 스트레칭을 한다.)
희주	매니저가 쉬고 오라고 했어.
	그렇게 대충 몸 풀고 움직이면 다쳐. (희주가 준호의 어깨를 잡는다.)
준호	(피하려고 한다.) 나 혼자 할 수 있는데.
희주	나, 너랑 장난치는 거 아니야.
	내가 가고 싶은 대학들 체육 수행평가 많이 본다고.
	그러니깐 슬렁슬렁 얼렁뚱땅할 생각하지 마.

준호가 마지못해 희주와 같이 스트레칭을 한다.

신체 접촉이 상당히 부담스러운 듯 몸이 굉장히 뻣뻣하다.

준호   춤은 정했어?

희주   대충.

준호   자이브나 룸바 같은 건 아니지?

희주   〈댄싱나인〉 나가는 줄 알아?

준호   내가 여자 친구도 있고 하니깐…… 최대한 신체
        접촉 적은 거로 하자.

희주   같은 반 아니어서 보지도 못할 텐데.

준호   그래도.

희주   걔 요즘에도 엄마가 생일선물로 손거울 사주나.
        아침마다 머리도 빗겨주고. 아직도 그래?

준호   그거 진짜 친한 애들 아니면 잘 모르는 일인데.

희주   (급히 화제를 전환한다.) 내가 화요일이랑 수요일은
        시간이 안 될 것 같거든.
        원래대로 월, 목에 연습하자.

준호   월, 목, 금은 무조건 안 된다고 말했잖아!

희주   왜 안 되는 건데? 목요일은 과외도 없다며.

준호   그럴 이유가 있어.

희주   말해봐. 무슨 이유인지 알아야 다시 조정하지.

준호   …….

희주	말 안 할 거야?
준호	체육 들은 날 빼고는 무조건 입어야 돼. (짧은 사이) 레오타드.
희주	입고 연습하면 되잖아.
준호	그거 입고 격하게 몸 움직이고 싶지 않아.
희주	레오타드라는 게 원래 춤출 때 입는 옷이야.
준호	알아. 아는데. 밖에서 그거 입고 땀 흘리는 거 별로야.
희주	희한한 놈이네. 너 진짜 호모지?
준호	솔직히! 레오타드 입고 땀 흘리면. 다른 거 다 벗고 그것만 입고 싶어져. 교복 안에 그거 입고 농구나 축구 하면서 땀 흘리면 다 벗고 레오타드만 입고 달리고 싶어.
희주	(말을 자른다.) 더는 못 들어주겠다. 목요일에 하는 걸로 하자.
준호	야! 뭘 들은 거야!
희주	학원 시간을 바꾸려고 했는데, 다른 날에는 인원이 꽉 차서 옮길 수가 없대. 발표 전까지 총 네 번이야. 그것도 못 참아?

준호   왜 네 번이야? 다섯 번이지!

희주   오늘 월요일이지.

그래! 다섯 번만 참으면 넌 졸업할 때까지 공부도 잘하고 나름 주먹도 셌던 놈으로 남는 거야.

반대로 못 참으면 호모개변태로 남는 거고. 어떤 거 할래?

준호   (구시렁댄다.) 연습하자.

희주   오늘은 가볍게 스텝만 하고 끝낼게. (포즈를 잡는다.)

잘 보고 따라 해. 두 번 이상 반복 안 한다.

준호   알았어.

희주가 잠시 준호를 바라보다가 웃음을 터뜨린다.

준호   왜 그래?

희주   (웃음을 참으며) 월요일이니깐 너 지금 교복 안에…… 그거 입은 거지?

(웃는다.) 안 작냐? 사진 보니깐 엄청 작아 보이던데.

준호   투엑스라지라서 괜찮아. (불쾌한 듯) 웃겨?

희주 너 그거 입으면 좋아?

준호 아까 얘기했잖아.

희주 니가 정말 좋고 신나면 당당하게 밝혀.

준호 미쳤어?

희주 니 취미가 나쁜 건 아니잖아.

준호 다른 사람들이 나쁘게 보잖아.

희주 니 취미가 창피해?

준호 그런 게 아니잖아.

희주 그럼, 뭔데?

준호 앞으로 밥도 혼자 먹고, 놀 때도 혼자 놀고, 집에
      도 혼자 가야 하는데.

희주 그게 겁나?

준호 니가 더 잘 알 거 아니야.

희주 그래 보여?

준호 …….

희주 괜한 거 물어봤다. 연습하자. (자신의 가방에서 물을
      찾는다.)
      여기서 연습하기 그러면 내가 다른 데 알아볼게.
      잠깐만 혼자 연습하고 있어. 요 앞에 가서 물 좀
      사 올게.

준호 나 혼자 뭐 하고 있으라고?

희주   어제 카톡으로 보내준 동영상 있잖아.

희주가 나간다.

준호가 휴대폰으로 동영상을 켜놓고 스텝을 밟는다.

동영상을 보고 어설프게나마 동작도 따라 한다.

시간이 지나 어설픈 동작들이 아주 조금씩 모양을 내기 시작한다.

트레이닝복을 입은 희주가 준호 옆으로 다가와 같이 춤을 춘다.

하지만 각자 자기 춤만 추는 느낌이다.

이틀 후 수요일.

영길이 손뼉을 치면서 등장한다.

영길의 등장과 함께 무대는 소강당 체육시간으로 전환된다.

태우와 희관이 바닥에 앉아 준호와 희주의 춤을 멍하니 바라본다.

영길   오케이! 아주 잘 봤어.

어떻게 하면 수행평가 점수가 아예 안 나갈 수 있는지

이 팀이 오늘 아주 정확히 보여줬어.

서로 바라보지도 않고, 관심도 없고, 터치도 없고.

넌 니 갈 길 가라. 난 내 갈 길 갈 테니깐.

뭐하러 팀 짰어? 둘이 각자 추지?

내가 얘기했지. 춤 못 춰도 좋다고. 막춤 춰도 돼.

대신 서로 뭔가 같이하고 있다는 건 보여줘야지.

연습하는 과정에서 서로를 좀 봐.

눈도 마주치고 상대방 스텝도 신경 쓰고, 호흡도
같이하고.

그래. 그러다가 서로 안 맞으면 짜증도 나고 화도
나겠지.

그 과정에서 누군가는 이기적으로 굴 거고. 누군
가는 양보할 거고.

평소 친했다가 연습하면서 실망할 수도 있어.

처음엔 그저 그랬다가 '볼매'가 될 수도 있고.

어떻게 될지 아무도 몰라.

다시 한 번 말한다. 죽이 되건 밥이 되건, 뭐가 돼
도 좋아. 무조건 같이해.

그리고 관찰일지에 뭐라도 좋으니깐 적어.

얘는 이름표를 항상 삐딱하게 다는구나.

얘는 웃을 때 한쪽 볼에만 보조개가 생기는구나.

얘는 사진 찍을 때 과도하게 안짱다리를 하는구
나.

평소 모르고 지나갔던 거 보이면 무조건 적어.

(준호에게) 홍준호. 너 관찰일지 안 썼지?

준호　제가 다음 시간에 두 배로 써오겠습니다.

영길　됐고. 강희주 넌?

희주가 주머니에서 꼬깃꼬깃 접은 A4용지를 꺼내 천천히 편다.
준호가 긴장한다.

영길　읽어봐.

희주　(준호를 힐끔 쳐다보고) 이제 겨우 한 번 연습한 터
라 많이 관찰하지는 못했지만.
평소 보이는 것과 다르게 겉과 속이 많이 다른 것
같다.
남들과 다른 부분에서의 집착도 있는 것 같고.
예를 들어 (사이) 선에 대한 집착.
부드러운 곡선이나 곧게 뻗어 있는 선.
(자신의 손을 공중에 뻗으며) 굵직한 선 아니면 가녀
린 선.
그런 선에 대한 집착.

수업을 마치는 종이 울린다.

영길   다들 교실로 들어가기 전에 손 씻는 거 잊지 말고.

그리고 강희주, 관찰일지 너무 짧아.

곡선도 어떤 곡선이냐에 따라 다르잖아. 구체적으로 써봐.

희주   네.

희주 나간다.

영길   소강당 담당들 정리 제대로 하고 가라.

희관이, 넌 내일까지 영어 선생님한테 깜지 꼭 제출하고.

박희관. 남자는 죽었다 깨어나도 가오라며?

그런 놈이 준호 꺼 커닝이나 하고.

쪽지시험이 아무리 내신에 반영된다고 해도,

영단어 몇 개에 쉽게 가오를 팔면 되겠냐.

인마. 이왕 잡을 거, 제대로 가오 좀 잡고 살자.

영길이 나간다.

태우가 뭐가 뭔지 알 수 없다는 표정으로 준호를 바라본다.

그런 시선이 불편한 듯 준호가 대걸레로 바닥을 민다.

태우	너 뭐냐? 강희주랑 하는 거야?
	너가 쟤랑 만나서 호흡을 맞추며 연습을 했다고?
	참 기이한 일이다.
	민지도 알아?
준호	말해야지.
희관	너 쟤한테 책잡힌 거 있지?
준호	그런 거 없어.
희관	근데, 왜 쟤랑 갑자기 스텝을 밟아?
준호	……파트너 못 구했다니깐 영길이가 같이 하라고.
희관	못 한다고 하면 되잖아.
준호	남는 애도 없고.
희관	남는 애가 없다니? 강희주 말고도 반에 세 명이나 짝 못 구한 애들이 있는데.
준호	영길이가 시켰다고 했잖아. 새끼야.
희관	그렇다고 니가 순순히 하는 게, 뭔가 납득이…….
준호	(대걸레를 집어 던지며) 납득이 안 가면 안 가는 대로 넘어가.
	니가 언제부터 날 그렇게 위했다고 오지랖을 떨고 지랄이야!
희관	메르스보다 훨씬 살 떨려 하던 애랑 춤춘다니깐 걱정돼서 그렇지.

준호　　　내가 에볼라랑 춤을 추든 메르스랑 춤을 추든 신
　　　　　경 끄고.
　　　　　그럴 시간에 깜지 쓰면서 영단어나 하나 더 외워.
　　　　　쪽팔리게 커닝하다가 걸리지나 말고.
　　　　　내가 너 같은 새끼 득 보라고 새벽까지 공부하는
　　　　　줄 알아?
　　　　　병신새끼.

준호가 나간다.

태우　　　준호 재, 오늘 왜 저러지.
　　　　　희관아. 괜찮니?

희관이 괜찮다는 듯 손짓한다.

태우　　　아무래도 희주 때문에 예민해서 말을 막 한 것 같
　　　　　다. 니가 이해해라.
희관　　　너, 준호 저 새끼 화장실에서 소변보는 거 본 적
　　　　　있냐?
태우　　　갑자기 뭔 소리야?
희관　　　서서 누는 거 본 적 있냐고.

태우	어떤 맥락에서 니 질문을 이해해야 하니?
희관	있어? 없어?
태우	쉬는 시간마다 화장실 같이……. 잠깐.
희관	본 적 없지? 내가 요 며칠 봤는데. 저 새끼 오줌 서서 안 눈다.
태우	아니야. 얼마 전에 같이 눈 적 있어.
	농구 한 게임 뛰고 코트 뒤쪽에서 같이 봤어. 확실히 기억나.
희관	오늘처럼 체육수업 있던 날 아니야?
태우	그랬나? 잘 모르겠는데.
희관	체육 있는 화, 수 빼고 유심히 한 번 봐봐!
태우	근데 말이야.
	내가 왜 준호 볼일 보는 걸 유심히 관찰해야 돼?
희관	아직도 감이 안 와?
태우	(사이) 준호 절대 그럴 사람 아니야!
	그건 내가 장담해.
	내가 알기론 부모님 두 분 다 오랫동안 성당 다녔고
	준호 개도 유아세례 받고 그랬다더라.
	세례명이 바오로야.
	어렸을 적부터 그런 환경에서 자랐으면 발레복 입

고 셀카질 하기 쉽지 않아.

희관　주님의 어린 양이라고 모두가 말씀대로 사는 건
아니잖아.

태우　그래도 난 준호를 믿어.

너도 준호에 대한 쓸데없는 의심과 의혹들을 모두
걷어 들이도록 해.

희관　우리 조만간 셋이 목욕탕 한번 가자.

등 밀어준 지 오래됐잖아.

희관이 나간다. 태우가 찜찜한 표정을 하고 따라 나간다.

연습이 두 번 진행된 다음 주 목요일.

준호와 희주가 춤추며 양 끝에서 달려 들어오면 장소는 컴퓨터 기자
재실로 전환된다.

짧게나마 서로 손도 잡고 마주 보는 장면이 들어가 춤이 예전보다
풍성해 보인다.

희주는 트랙탑을 입던 평소와 다르게 교복 윗도리를 입었다.

다른 아이들과 다르게 교복이 스냅단추로 되어 있다.

아래는 평소와 같이 트레이닝복 차림이다.

밀폐된 공간에서 연습을 하다 보니 준호가 땀을 꽤 흘린다.

희주   다리를 좀 더 찢어봐.

준호   (비명을 지르며) 이게 맥시멈이야.

희주   엄살 피우지 말고. 더 찢어봐. (희주가 다리를 찢으
      며) 이렇게!

준호   넌 체대 준비해서 쉬울지 모르지만 난 아니라구!

희주   (답답한 듯) 좀 쉬었다가 하자.

준호   (눈치를 보며) 꼭 그 안무로 해야 돼?

희주   됐다. 내가 욕심이 과했나 보다.

준호   교복 입고 하려니깐 너무 답답해서 그래.

      여기 시시티브이 없어?

희주   여긴 없어.

준호   (땀을 닦으며) 내가 하는 말 이상하게 듣지 말고.

      내가 지금 너무 땀을 많이 흘려서 그런데…….

      벗고 춰도 돼?

희주   (태연한 척) 부, 불편하면 벗어.

준호   위아래 다…… 괜찮아?

      내가 셔츠로 허리 묶을게.

희주   그, 그래. 그럼.

준호가 윗도리를 벗는다.

땀으로 젖은 준호의 등과 함께 앞뒤로 깊게 파인 빨간색 레오타드가 드러난다.

희주가 태연한 척하려고 휴대폰을 보며 안무 동작을 따라 한다.

하지만 신경이 쓰이는 듯 잘 집중하지 못한다.

준호가 재빨리 교복 셔츠를 허리에 묶는다.

표정이 굉장히 밝아진다. 교복 입을 때와는 다르게 생기가 돈다.

준호	살 것 같다.
희주	생각보다 잘 어울린다.
준호	진짜? (해맑게 웃는다.)
희주	좋아?
준호	니가 토 나온다고 할까 봐 걱정했지.
희주	세상에 예쁜 거 싫어하는 사람 없잖아.
	기준이 좀 달라서 그렇지.
준호	내가 하고 싶은 말이 그거야! 그거!
	모두가 유니클로나 뉴발만 예뻐하는 건 아니잖아.
	그냥 많이 팔고 많이 입으니깐 그런 거지.
	레오타드 입는 사람이 청바지 입는 사람 반만 있어도
	내가 이런 서러움은 안 겪는 건데.
희주	알았으니깐 흥분하지 마.

준호	교복 따위에 감춰 입다니.
	레오타드에 대한 모욕이다.
희주	교복보다 그게 예쁜 거 같다.
준호	내가 제일 아끼는 거.
희주	빨간색 좋아해?
준호	응. 내가 붉은색 계통에 흥분하는 경향이 있거든.
	그래서 좋아하긴 해도 되도록 안 입어.
희주	그거 말고 더 있어?
준호	다섯 벌.
희주	다섯 벌! 그걸 다 니가 샀어?
준호	두 벌만. 세 벌은 누나가 입던 거.
희주	누나, 무용해?
준호	성적이 안 돼서 엄마가 중3 겨울방학 때 잠깐 시켰어.
	지금은 무용이랑 전혀 상관없는 미대생이지만.
	하여튼 고1 때 레오타드부터 해서 바이올린, 4B연필까지.
	인서울 가능한 건 다 시켰어.
	(물을 마시며) 체육교육, 인서울 빡세지 않아?
희주	그렇지, 뭐.
준호	너한테 맞긴 해? 재밌어?

희주	재밌어 보여?
준호	그럭저럭.
희주	참고 하는 거야.
	우리 엄마처럼 안 살려고.
	식당 주방에 하루 종일 서서
	몸에 짬 냄새 풍기며
	구질구질하게 안 살려고.

준호가 희주의 다소 과한 말에 어쩔 줄 몰라 한다.

희주도 자기가 뱉은 말에 당황하며 가방에서 손거울을 꺼내 시선을 피한다.

손거울이 민지 것과 같은 안나수이다.

준호	여자 친구도 똑같은 거 쓰는데.

희주가 손거울을 가방에 도로 집어넣는다.

준호	너도 안나수이 좋아하나 보다.
	근데, 디자인이 너무 샬랄라하지 않냐?
희주	니가 입고 있는 게 더 샬랄라해.
준호	(무안한 듯) 교복 입고 안 불편해?

맨날 져지 입던 애가 웬 교복.

희주   학원에 놓고 왔어.

준호   (희주의 교복을 가리키며) 똑딱이 단추 편하냐?

희주   (짜증스럽게) 자꾸 쓸데없는 질문 할래?

준호   누군 묻고 싶어서 묻는 줄 알아?

나도 관찰일지 써야 할 거 아니야!

자기는 방금 엄청 물어봐놓고.

대답하기 싫으면 하지 마.

내가 알아서 쓸게.

나중에 멋대로 썼다고 뭐라고 하지 마라.

희주   나 자신한테 화나고 창피하고 그럴 때……

옷 쥐어뜯는 버릇 있어.

준호   (혼잣말) 우리 누나도 그랬는데.

희주가 준호를 가만히 바라본다.

준호   누나도 똑딱이 단추 하고 다녔다고.

희주   이거 일지에 적지 마.

한 귀로 듣고 한 귀로 흘려.

준호   이랬다저랬다.

(눈치를 보다가) 물어볼 게 하나 더 있는데.

저번 체육시간 때 발표한 관찰일지 말이야.

어떻게 알았냐?

희주   뭐가?

준호   아니. 그 선 이야기 말이야. 나 그거 듣고 깜짝 놀랐다.

사실, 우리 누나가 레오타드 입고 춤추는 거 보고 이거 입게 됐거든.

희주   뭔 소리야?

준호   누나가 무용에 소질은 없어도 그거 입고 춤출 때 제일 재밌어했어.

엄마가 무용 그만두고 딴 거 시킬 때 엄청 우울해하고.

그때 누나가 레오타드 입고 손짓 발짓 할 때 내 심장이.

레오타드가 만들어낸 선에……. 와우!

근데, 너 진짜 어떻게 알았어?

희주   그냥 쓸 거 없어서 아무거나 휘갈긴 거야.

그거 입으면 그렇게 느낌이 좋냐?

어떻게 그런 표정을 짓지?

준호   내 표정이 뭐?

희주   아까 교복 벗을 때 세상 다 가진 표정 해가지고.

너 진짜 대단하다.

준호 나도 이러는 거 불편해.

그렇다고 밝히면 감당할 게 너무 많잖아.

희주 왕따 되는 거?

준호 그것도 그렇고.

엄마가 같은 단지에 사는 아줌마들이랑 활동하는

게 있어.

지금 내 실력에 '서성한' 이상 가려면 거기 도움이

절대적으로 필요하거든.

너 김다연 알지? 대학생이랑 사귀었다가 임신한

애.

걔 우리 단지 살았거든.

나중에 애를 지우긴 했는데.

엄마들 사이에서 소문이 퍼져서 얼마 전에 이사

갔어.

아마 거기서도 분명히 꼬리표 따라다닐걸.

희주 걔가 뭘 잘못했는데 죄인 취급을 해?

준호 애를 가졌잖아.

희주 서로 좋아하면 그럴 수 있잖아.

준호 어른들은 그렇게 생각 안 해.

희주 그게 뭐가 중요하냐고!

준호	당연히 중요하지.
	위에서 틀렸다면 틀린 거고. 아니라면 아니잖아.
	우리가 언제 한 번이라도 선택권 가진 적 있냐?
	중2도 아니고 그 정도는 너도 알잖아.
희주	너 만약에 밝혀지면 레오타드 포기할 수 있어?
	안 입을 수 있냐고.
준호	안 입을 수 있어.
희주	만약에 너 그거 포기하면 평생 웃을 일 없을 거 같은데.

기자재실 밖 복도에서 아이들 소리가 들린다.

준호가 놀라며 재빨리 교복을 챙기고 불안한 듯 경계한다.

아이1	(목소리) 강희주랑 홍준호 개들 뭐냐?
아이2	(목소리) 강희주, 개 예전처럼 민지 엿 먹이려고 그러는 거 아니야?
아이3	(목소리) 홍준호 개가 강희주랑 잤다는 얘기도 있고.
아이2	(목소리) 개 잘못 먹으면 소화 안 될 텐데.
아이1	(목소리) 홍준호 졸라 불쌍하다. 어떻게 하다가 그런 미친개한테 물려가지고.

아이들의 목소리가 멀어지자 준호가 희주의 눈치를 본다.

희주 연습하자.

너 오늘 여자 친구 생일이라 빨리 가야 된다며.

아까 보여준 동작 있지.

그거 대충 맞춰보고 끝내자.

희주가 휴대폰으로 음악을 켜고 준호와 같이 춤을 춘다.

희주가 달려오면 준호가 살짝 들어서 방향을 바꿔주는 동작이다.

희주가 맘에 안 드는지 다시 시도한다.

준호도 나름대로 열심히 해보지만 쉽지 않다.

준호 몸에 힘 좀 빼봐.

내가 지금 이것만 입고 있어서 그래?

희주 다시 해볼게.

준호 편하게 달려와봐. 나 믿고.

희주가 집중해서 준호에게 달려간다. 조금 자연스러워진 동작이다.

준호와 희주가 만족스러운 듯 살짝 미소 짓는다.

둘은 같은 동작을 반복한다. 점점 둘의 합이 맞아 들어간다.

자신감이 생긴 희주가 이번에는 온 힘을 다해 준호에게 달려간다.

준호가 그런 희주를 받아 방향을 트는 순간,

쿵 하는 충격음과 함께 무대 어두워진다.

희주의 신음과 함께 준호의 다급한 목소리가 들린다.

4

다음 날 오후 4시 30분.

교내 분리수거장에서 준호와 민지가 이야기를 나누고 있다.
준호는 왼손에 반창고를 붙였다.

민지　　체육이 뭐가 중요하다고 일주일에 두 번씩이나 연
　　　　습을 하냐구!
　　　　어떻게 나한테 말도 안 하고 걔랑.

준호　　니가 강희주 탐탁지 않아 하니깐.

민지　　그런 걸 알면서 걔랑 했어?

준호　　보기보다 이상한 애 아니야.

민지　　그새 친해졌어?

준호　　생각보다 나쁘지 않다는 말이야.
　　　　민지야. 다음 주면 다 끝나.

민지　　너 정말 걔한테 무슨 책잡힌 거 있어?
　　　　희관이 말대로 그런 거야?
　　　　홈페이지 사진 너냐고!

준호　　너까지 왜 그러냐!

민지　니가 지금 그렇게 만들잖아.

　　　　내 생일까지 안 오고 걔랑 같이 있었다는 게.

준호　이마가 찢어져서 여덟 바늘이나 꿰맸어.

　　　　교복에 피가 장난 아니었다고.

　　　　내가 연락 못 하고, 못 간 거 미안한데…….

민지　너, 집에서 여자 옷 입고 즐거워하는 그런 미친놈

　　　　아니지?

　　　　내가 200일 가까이 정신병자 만난 거 아니지?

준호　……아니야.

민지　확실한 거지?

　　　　준호야. 나 누구한테 웃음거리 되는 거 싫어.

　　　　어른들 사이에서 덩달아 이상한 애로 취급받는 것

　　　　도 싫고.

　　　　내 생기부 정말 깨끗하면 좋겠거든.

　　　　너도 알지? 엄마들 사이에서 소문 빠른 거.

준호　민지야.

민지　왜?

준호　전학 간 다연이…… 잘 지낸대?

민지　누구?

준호　다연이.

민지　갑자기 걘 왜!

민지가 준호를 가만히 바라본다.

태우와 희관이 물이 든 양동이와 빗자루를 들고 들어온다.

희관 여기는 1학년 애들 담당인데.

이걸 왜 우리가 해야 돼?

민지가 찜찜한 표정으로 나간다.

태우 (준호에게) 아직 화해 못 했어?

당분간 니가 무조건 잘못했다고 해.

사고가 났으면 연락 한 통 정돈 해줄 수 있었잖아.

여자 친구 생일날 그게 뭐니.

민지가 니 걱정 엄청 했어.

준호 내 걱정?

희관 준호야, 너 무슨 수능 치르는 애 같아.

춤을 이마에 구멍을 내도록 추냐?

태우 그래. 국영수도 아니고 이렇게 열심히 할 필요 없잖아.

희관 (준호에게 휴대폰을 건네며) 강당에 놓고 갔더라.

태우 준호야. 너 지금 되게 정신없는 거 알겠는데.

너무 신경 쓰지 마.

민지랑 다 잘될 거야. 너희가 지금껏 쌓아놓은 서
로에 대한 믿음이…….

준호 (말을 자른다.) 내가 지금 무지 피곤하거든.

나중에 얘기하자. (휴대폰을 받아 나가려고 한다.)

희관 니 폰 바탕화면에 있는 영어 간지더라.

"The only true currency in this bankrupt world is
what you share with someone else when you're
uncool."

태우야. 뜻이 뭐랬지?

태우 몇 번을 물어보니.

니가 못날 때 누군가와 나눌 수 있다는 게

이 부도난 세상에서 믿을 수 있는 유일한 가치다.

준호 씨발. 누가 남의 폰 맘대로 보래.

희관 주인은 찾아줘야 될 거 아니야.

준호야. 너 그거 아냐?

니 폰 배경화면에 있는 문장,

레오타드 입고 오르가즘 느끼는 호모 새끼 방에도
붙어 있는 거.

3단지에 살고, 체형도 비슷하고.

좋아하는 문장도 똑같고.

나 정말 헷갈리기 시작한다.

준호   (희관의 멱살을 잡으며) 뒤질래?

희관   너 맞지?

         너 지금 안에 그거 입었잖아.

태우   너희 왜 그래? 이러지 마.

         우린 친구잖아. 친구끼리 이러는 거 아니야.

준호   누가 친구야! 불쌍해서 놀아줬더니.

         다시 한 번 뻘소리 하면 그땐 아가리를 진짜 확!

희관   내가 뻘소리 하는 건지 아닌지 지금 웃통 까보면

         되겠네.

         까봐. 까보라구!

         못 까겠지?

준호   평생 남이나 의심하면서 쓸데없는 거에 목숨 걸고

         살아.

         임대아파트에 평생 짱 박혀서.

준호가 나간다.

순간 희관이 화를 이기지 못하고 양동이에 든 물을 준호의 등에 끼

얹는다.

준호의 교복 셔츠가 몸에 쫙 달라붙는다.

예상과 달리 레오타드가 비치지 않자 당황한 희관,

준호에게 달려들어 셔츠 앞자락을 낚아챈다.

단추가 떨어져 나가며 앞섶이 벌어지지만 기대했던 레오타드는 보이지 않는다.

물을 뒤집어쓴 준호가 더는 참지 못하고 희관에게 달려든다.

뒤엉킨 준호와 희관이 무대 밖으로 사라진다.

놀란 태우가 황급히 그 둘을 따라 나간다.

왼쪽 이마에 반창고를 붙인 희주가 대걸레로 바닥을 밀면서 들어오면 무대가 소강당으로 전환된다.

희주가 바닥을 닦다가 잠시 멈추고 손거울을 꺼내 이마에 난 상처를 본다.

민지가 들어온다.

희주가 손거울을 주머니에 집어넣고 걸레질을 한다.

민지　　바빠?

희주　　아니.

민지　　물어볼 게 있어서.

희주　　얘기해.

민지　　너 준호랑 춤 연습 한다며.

희주　　근데, 왜?

민지　　어떡하다가?

희주 ······남는 애들이 없어서.

민지 남는 애들이 없어서 준호가 너랑 팀을 짰다고?

희주 체육이 같이하라고 한 것도 있고.

민지 솔직히 말해.

희주 뭘?

민지 니가 걔 사진 가지고 있지?

      학교 홈페이지에 사진 올린 거 너지?

희주 (불안한 듯 윗도리 밑단을 잡아 뜯는다.) ······아니야.

민지 레오타드, 준호지?

희주 아니라니깐.

민지 너 그 버릇 여전하다.

      남 속일 때 옷 잡아 뜯는 거.

      (짧은 사이) 나 부탁 하나만 할게.

      학교 졸업할 때까지만 비밀로 해줘.

      호모 여친으로 불리는 거 기분 더럽거든.

      들어줄 수 있지?

희주 준호 걔······ 레오타드 진짜 좋아해.

민지 (사이) 상관없어.

      이제 안 만날 거니깐.

      비밀로 해줄 거지?

희주 (고개를 희미하게 끄덕이며) 알았어.

민지   (희주 주머니에서 삐져나온 안나수이 손거울을 보며)

          손거울 떨어지겠다.

          근데, 그거 아직도 가지고 다니는구나.

희주, 주머니에서 손거울을 꺼내 만지작거린다.

민지   부탁할게.

희주   (손거울을 내밀며) 이거 가지고 가.

민지   됐어. 너 써.

희주   니 거잖아.

민지   내가 줬다고 생각하고 그냥 써.

          미안해하지 말고.

민지가 나간다.

희주가 한동안 안나수이 손거울을 바라보다가 나간다.

영길이 휴대폰으로 통화를 하면서 반대 방향으로 들어온다.

영길   매니저라는 사람이 알바생들 근무 시간을 모른다

          니.

          내가 아는 학생 한 명이 거기서 꺾기를 당했다고.

그거 당신들이 지시한 거잖아!

어디서 오리발이야.

이 사람, 말이 안 통하네.

내가 본사 사람이랑 직접 통화할게요.

저번에 거기서 베이컨 토마토 디럭스 먹으면서

토마토 안 들어간 거 참고 넘어갔는데

이참에 싹 다 컴플레인 걸어야겠어. (휴대폰을 끊는다.)

매니저가 이따위니깐 햄버거에 토마토가 하나 들어갔는지

두 개가 들어갔는지 알 리가 없지.

준호가 들어온다.

영길　　준호 넌, 얼굴이 깨끗하다.

　　　　니 친구 얼굴은 아작을 내놓고.

준호　　걔가 먼저 시작했어요.

영길　　선생들도 폭력을 안 쓰는데 학생이 감히 주먹을 날려서야 되겠니?

　　　　담임으로서 내 위상이 뭐가 되니.

　　　　인마! 수행평가 하면서 옆 사람 관찰하랬더니 친

구 면상을 날려.

그것도 한 대도 아니고 말이야.

아무리 교사가 올바른 교육적 이념과 취지를 가지면 뭐하냐!

제자들이 안 따라주면 말짱 헛건데.

너 지금 희관이한테 미안하긴 하냐?

솔직히 말해봐라.

니 표정 보니깐 아쉬움이 가득한데.

몇 대 더 못 꽂아 넣어서 아쉬운 거지?

준호   그 새낀 맞아야 돼요.

그래야 정신 차려요.

영길   맞는다고 없던 정신이 생기지 않는다.

대한민국 어른들 봐라. 어렸을 때 그렇게 맞고 컸는데.

준호   선생님, 저 지금 장난칠 기분 아니에요.

벌점 주려면 주시고요. 교내봉사 시키려면 시키세요.

영길   인마. 너 벌점 맞고 교내봉사 하면

희관이 다시는 안 때릴 자신 있냐?

준호   갠 좀 맞아야 된다니까요.

영길   넌 어쩜 우리 아들내미랑 하는 말이 똑같냐.

우리 아들내미가 중3이거든.

학교에서 대가리인지 뭔지 얘가 거침이 없어.

근데, 그 자식이 일 년 넘게 삥 뜯고 때리면서 괴롭히던 친구가 있었나 봐.

얼마 전에 그게 걸렸는데

우리 아들놈이 너무 뻔뻔하게 구는 거야.

내가 왜 때렸냐고 물어보면

걘 맞아도 되는 놈이라고

때려도 되는 놈이라는 거야.

다른 애들도 다 그렇게 생각한다고 말하는데

내가 말문이 막히더라.

맞으면 아픈 건 당연한 거고

누구나 혼자면 무섭고 외로운 건데.

그걸 설명하고 가르쳐야 된다는 게 참.

준호야.

어느 누구도 어떤 이유에서건 상대를 때릴 권한은 없어.

맞아야 할 이유도 없고.

그게 사기꾼이 됐건 변태가 됐건 폭력은 안 되는 거야.

누구는 잘못을 했으니깐,

누구는 혐오스러우니깐.

이렇게 조금씩 예외를 만들면 나중엔 자기랑 생각

이 다르다고,

아니면 특이하다는 이유로

주먹이랑 발이 나가게 돼.

무슨 말인지 알겠니?

준호, 눈에 눈물이 고이며 아무 말도 하지 못한다.

영길　　홍준호. 알았냐고!

준호　　당하는 사람은 어떡해요?

　　　　그냥 가만히 있어요?

영길　　다른 식으로 대응해야지.

준호　　막무가내로 이상한 놈 만들고

　　　　병신 만들고, 왕따 만들면요?

　　　　그럼, 어떡해요?

　　　　들어주지도 않고 들어줄 생각도 안 하면 어떻게

　　　　하냐구요.

　　　　어떡하냐구요!

준호가 울음을 터트린다.

영길이 준호의 울음에 당황해 대꾸하지 못한다.

사흘 뒤 월요일. 발표 전날.

맥도날드 유니폼을 입은 희주가 무대로 뛰어 들어오면 아파트 내 놀이터로 전환된다.

희주가 전력을 다해 무대 위를 뛴다.

무대를 몇 바퀴 돈 희주가 거친 숨소리와 함께 대 자로 눕는다.

준호가 그대로 서 있다.

준호	왜 여기서 만나자고 했어?
희주	오늘 개교기념일이잖아.
준호	연습을 여기서 하자구?
	여기 아파트 단지야.
희주	좋잖아. 아파트들이 병풍 쳐주고.
	다들 거실에서, 방에서 자기들 할 일 하느라 신경도 안 쓸걸.
	표정 보니깐 연습하기 싫은가 보다.
준호	옷이라도 갈아입든가.
희주	조금 있다가 들어가봐야 돼.
	야! 그래도 나 이거 입고 제자리멀리뛰기부터 매

달리기, 서전트, 좌전굴 다 해봤다.

한번 볼래?

준호   됐어.

희주가 철봉에 매달린다.

준호   됐다고.

희주   넌 이거 얼마나 버텨?

내가 원하는 대학 가려면 이거 60초 이상 버텨야

하거든.

근데, 이게 원체 취약해서 20초만 지나도 온몸이

바들바들 떨린다.

악으로 깡으로 버텨내는데도 30초를 못 넘겨.

한 번만이라도 30초 넘기고 싶은데.

그게 안 돼!

정확히 내 몸이 초시계처럼 30초를 말해.

이거 잘하고 싶어서 상체 훈련도 하고.

잘하는 애들 거 몰래몰래 훔쳐보면서

자세도 바꿔보고, 호흡도 바꿔보는데

여지없이 30초 직전에 떨어져.

희주가 철봉에서 떨어진다. 잠시 철봉을 보며 숨을 몰아쉰다.

희주   이렇게 떨어지면 뭔가 아쉬워.

다른 애들 하는 거 보면

누가 밑에서 잡아주는 거 같고, 누가 옆에서 응원 해주는 거 같거든.

나도 그러면 할 수 있을 거 같은데……. (다시 철봉에 매달린다.)

이렇게 온몸이 바들바들 떨린다.

그렇게 떨리는데도 30초를 넘길 것 같은 기대를 해.

미련이 남아. 그래서 악을 쓰고 매달려.

(철봉에서 떨어지면 지체 없이 다시 매달린다.)

떨어져도 다시 매달려.

아쉬움이나 후회 같은 거 하지 않으려고 버텨!

숫자를 세면서!

하나! 둘! 셋! 넷! 다섯! 여섯! 일곱! 여덟! 아홉! 열! 열하나!

(철봉에서 떨어지면 다시 매달린다.)

악으로! 깡으로!

하나! 둘! 셋! 넷! 다섯! 여섯! 일곱!

(온몸에 힘이 다 빠졌는지 철봉에서 떨어져 바닥에 주
저앉는다.)

근데도 30초를 한 번도 못 넘겨.

(긴 사이) 넌 그거 안 입고 버틸 수 있어?

준호　…….

준호가 가쁜 숨을 내쉬는 희주에게 물을 건넨다.

희주는 물을 받지 않고 주머니에서 안나수이 손거울을 꺼내 준호에
게 건넨다.

희주　이거 민지한테 좀 갖다 줘.

준호　뭐야?

희주　걔 거야.

　　　예전에 훔쳤어.

준호　니가 돌려줘.

희주　쪽팔리잖아.

준호　걔 손거울 많아.

　　　하나쯤 그냥 가져도 신경 안 쓸걸.

희주　내가 신경 쓰여서 그래.

　　　이걸로 내 얼굴 보면

　　　순간 또, 개처럼 되고 싶어서

쓸데없이 욕심내고

그러다가 창피해지고 부끄러워지고.

이제 좀 지친다.

(다시 손거울을 건네며) 잘 썼다고 전해줘.

준호   (사이) 나 걔랑 헤어졌어.

희주   ……언제?

준호   어제 카톡으로.

너 언제까지 들어가야 돼?

희주   한 시간 뒤에.

준호   연습하자. 춤추자고!

저번에 연습하다가 만 거 완성해야지.

여태까지 연습한 거 아까워서라도 꼭 만점 받아야

겠어.

(손거울을 가리키며) 그거 집어넣고 연습하자!

희주   근데, 나…… 팔에 힘이 하나도 없어.

준호   도와줄게.

준호가 자세를 잡는다.

희주가 잠시 준호를 바라보다가 자세를 잡는다.

5

이틀 후 수요일. 체육 수행평가 당일.

소강당 안 복도에서 태우와 한쪽 눈에 안대를 한 희관이 연습을 하고 있다.

희관의 얼굴이 온통 울긋불긋하다.

희관이 목이 아픈지 팝핀을 멈춘다.

태우	살살 해. 영길 샘도 감안해서 본다고 했으니깐 무리하지 말자.
희관	우리 몇 번째로 발표냐?
태우	두 번째.
희관	첫 번째 아니었어?
태우	준호네가 첫 번째로 바뀌었어.
희관	그 새끼, 교내 봉사로 끝인 거냐?
태우	그런가 봐.
희관	내 얼굴을 봐!
	씨발! 그게 말이 되냐.
태우	희관아. 니 심정 알겠는데.

니가 준호한테 물을 뿌린 건 좀 아니었어.

준호를 향한 너의 시기와 질투를 이해 못하는 건
아니지만

우리 친구잖아.

우리의 우정이 더 굳건해지는 기회로 생각하자.

희관   우정은 씨발! (답답한 듯 크게 한숨을 내쉬며) 아, 진
짜 미치겠네!

그 새끼가 확실한데!

걔가 그 안에 그걸 입고 있어야 됐는데.

너도 확신했잖아.

모든 정황들이 홍준호 그 새끼가 호모라고 말하고
있는 거.

태우   그랬지.

근데, 내가 저번에도 말했지만 주님의 아들로 컸
으면 호모 되는 거 쉽지 않아.

이제 그만하고 준호랑 화해해.

희관   (말을 자른다) 화해는 무슨 화해야!

그 새끼가 확실한데!

그 새끼가 그날 운이 졸라게 좋았던 거야.

레오타드를 빨았거나.

깜빡 잊고 안 입고 온 거라고! (목에 통증이 오는지

인상을 쓴다.)

태우   알았으니깐 그만 진정하고 들어가자.

             네 불신의 기운이 나까지 물들이는 거 같다.

희관   기다려. 조만간 내가 확실히 밝혀낼 테니깐!

파일철을 손에 든 영길이 휴대폰으로 통화를 하면서 들어온다.

영길   진로상담집 관련해서 상의드릴 것도 있고 해서.

             그걸 일 년만 있다가 가는 임시 교사한테 맡기면 어떡하냐구요.

             어제도 그것 때문에 부장선생님한테 그렇게 쫑크를 당하셨으면서.

             우리가 할 건 우리가 하자는 거예요.

             자꾸 잔소리로 듣지 마시고.

             여보세요? 여보세요? 이런 씨발.

태우   샘 오셨어요.

영길   안 들어가냐?

             희관아, 괜찮니? 아이구. 얼굴이 더 엉망이 됐네.

             발표할 때 너무 힘줘서 하지 말아라.

희관   (건성으로) 네.

태우   (희관에게) 들어가자.

희관　　먼저 들어가. 나 화장실 좀 들렀다 갈게.

희관이 화장실로 들어가고 태우는 소강당으로 들어간다.
민지가 복도로 들어온다.

민지　　선생님. 부르셨어요?

영길　　그래. 다른 게 아니라……. (파일철에서 문서를 꺼낸
　　　　　다.)
　　　　　이건 청소년 무용 경연 포스턴데. 너희 반 교실 뒤
　　　　　에 붙이고.
　　　　　이 공문 너희 담임 선생님 갖다 드려.
　　　　　그리고 내가 오늘 방과 후에 꼭 좀 뵙자고.
　　　　　진심으로 너무너무 뵙고 싶다고 정중하게 말씀드
　　　　　려.

민지　　네.

영길　　그럼, 수고해라.

영길이 나간다.
여자 화장실에서 희주가 나온다.
민지가 못 본 척 지나가려고 한다.

희주	(손거울을 건네며) 이거 돌려줄게.
민지	괜찮다고 했잖아.
희주	내가 불편해서 그래.
민지	뭐가?
희주	이거 보면

이유 없이

니가 미워지고.

나도 모르게 예전처럼

있지도 않는 말 지어내서

니 흉보고 흠집 내고

그런 쪽팔린 짓 할까 봐 그래.

그러니깐 가지고 가.

민지　(사이) 됐어.

나 진짜 필요 없으니깐 버리든지 누구 주든지 니 맘대로 해.

수업을 알리는 종소리가 울린다. 아이들의 소란함도 잦아든다.

민지가 나간다.

희주가 민지의 뒷모습을 잠시 바라보다가 여자 화장실로 들어간다.

꽤 여러 번 무언가를 내려치는 소리와 함께 거울 깨지는 소리가 들린다.

긴팔 티셔츠와 반바지를 입은 준호가 쇼핑백을 들고 들어온다.

피가 흐르는 오른손을 휴지로 말며 희주가 나온다.

준호   야! 너 뭐야! 손 왜 그래?

희주   괜찮아.

준호   괜찮긴. 피가 이렇게 나는데.

준호가 주위를 살펴 지혈할 걸 찾는다.

마땅한 게 없자 황급히 윗도리를 벗어 희주의 손을 감싼다.

희주가 레오타드 차림의 준호를 보고 놀란다.

희주   너 위에 가려야 될 것 같은데.

준호   (쇼핑백을 가리키며) 여기 교복 윗도리 있어. 이거 입으면 돼.

            너 혹시 여기 유리 같은 거 박혀 있는 거 아니야?

준호가 희주의 손날을 만져본다.

희주가 아픈 듯 신음한다.

희주   우리 들어가야 돼. 첫 번째란 말이야.

준호   금방 끝나.

준호가 희주를 데리고 여자 화장실로 들어간다.

남자 화장실에서 희관이 슬며시 걸어 나온다.

주위를 살피고는 준호의 교복이 들어 있는 쇼핑백을 들고 나간다.

여자 화장실에서 물 흐르는 소리와 함께 준호와 희주의 목소리가 희미하게 들린다.

태우가 준호와 희주의 이름을 부르며 복도로 들어온다.

태우 홍준호, 강희주.

    수업 시작했어.

희주가 화장실에서 나온다.

태우 너희 첫 번째잖아. 다들 기다리고 있어.

희주 들어가야지.

태우 준호는?

희주 요, 요 앞이래.

태우 빨리 들어와.

태우가 나간다.

희주가 주위를 살피지만 쇼핑백이 보이지 않는다.

희주	쇼핑백 어디다 놨어?
준호	(목소리) 거기 앞에 없어?
희주	없는데.
준호	(목소리) 바로 앞에.
희주	없어.

준호가 복도로 나와 쇼핑백을 찾는다. 하지만 보이지 않는다.

준호	내가 여기다가 놔뒀는데.
영길	(목소리) 홍준호! 강희주! 발표 안 하냐!
희주	들어갑니다!
	어떡해?
준호	교실에 들렀다가 올게.
희주	지금 운동장에 1학년 애들 많은데.
	(손에 감싼 준호의 윗옷을 가리키며) 이거 괜히 찢었어.
	진짜 오늘 왜 입고 온 거야?
준호	안 입어봤는데…… 못 버티겠더라.

소강당에서 희주와 준호를 부르는 소리가 들린다.

준호   너 먼저 들어가.

내가 윗옷 구해서 들어갈게.

희주가 망설인다.

준호   빨리!

희주가 걱정스러운 눈으로 준호를 한 번 바라보고 소강당으로 들어
간다.

준호가 복도 끝을 왔다 갔다 하면서 방안을 찾아보지만 마땅히 대책
이 없다.

난감한 표정을 지으며 어쩔 줄 몰라 한다.

준호가 무언가를 결심한 듯 복도 끝으로 나간다.

희주가 강당으로 황급히 들어온다.

태우와 준호를 비롯한 아이들이 앉아 있고 영길이 채점노트를 들고
서 있다.

영길   첫 번째 하기로 한 놈들이 늦으면 어떻게 해!
희주   죄송합니다.
영길   손은 또 왜 그래?

희주　　　살짝 베였어요.

영길　　　조심들 좀 해라.

　　　　　준호는?

희주　　　오, 오고 있어요.

영길　　　걘 어디 저기 부산에서부터 오고 있는 거냐?

　　　　　안 되겠다. 태우랑 희관이 너희 먼저 하자.

태우　　　네.

영길　　　희관이 넌 무리해서 추지 말고.

　　　　　태우 넌 온 힘을 다해서 추고.

　　　　　준비됐으면 시작해.

태우　　　저희 준비 다 됐습…….

준호　　　늦어서 죄송합니다.

둘이 막 춤을 추려고 하는데 빨간색 레오타드만 입은 준호가 뛰어
들어온다.

희주를 비롯해 태우, 희관, 영길 모두 당황해 멈칫한다.

준호　　　늦어서 죄송합니다.

영길　　　그, 그래.

　　　　　왜 늦나 했더니 의상 준비하느라 늦었구나.

　　　　　준비 다 됐으면 시작해.

희주가 준호 옆에 선다.

둘이 서로의 눈을 마주본다. 그러고는 동시에 스텝을 뗀다.

서로를 바라보면서, 서로의 손을 맞잡고, 서로의 스텝을 느끼면서

온 힘을 다해 그동안 준비해온 춤을 열정적으로 춘다.

두 사람, 춤을 끝마치고 가쁜 숨을 몰아쉬며 서로를 바라본다.

무대 서서히 어두워진다.

6

2학기 마지막 날.

멀리서 크리스마스 캐럴이 들린다.

가방을 멘 태우, 민지, 희관이 들어온다.

희관은 휴대폰 게임에 열중한다.

태우	이번 겨울방학에 보충수업 뭐 들을 거야?
민지	맘에 드는 선생도 없고, 언어만 듣게.
태우	나도 그럴까 생각 중인데.
민지	내일 수리랑 외국어 기출문제 정리하는 거 알지?
태우	너희 집에서 6시 맞지?
민지	이번에 새로 온 외국어 선생님, 깐깐하니깐 준비 잘 하고 와.
태우	고3 레이스가 벌써부터 시작이구나.
민지	정신 바짝 차려.
태우	그래야지. 오늘 너희 엄마가 데리러 온다며?
민지	아까 통화했어.
	나 화장실 좀 갈게, 먼저 가.

태우　　내일 보자.

민지가 화장실로 들어간다.

태우　　넌 사물함에서 찾을 물건 없어?

희관　　없어.

영길이 소강당 입구로 들어온다.

영길　　앞으로 제대로 합시다.

　　　　지금이 어느 시댄데 남의 집 귀한 자식들을 그렇게 함부로 대합니까?

　　　　약속하신 대로 근무시간 잘 지켜주시고요.

　　　　최저시급 6,030원도 꼭 지켜주세요.

　　　　(태우와 희관에게) 집에들 안 가고 뭐 해?

태우　　소강당 사물함에서 물건 좀 찾아가려고요.

영길　　준호 송별회 안 하나?

태우　　네.

영길　　벌써 한 거야?

태우　　아니요.

영길　　준호랑 친했잖아.

희관   태우는 몰라도 전 아니에요.

태우   저도 걔랑 안 친했어요.

영길   (짧은 사이) 그래. 하여튼 오늘 마지막이라니깐 잘 보내줘라.

아참! 너희 희주 못 봤냐? (휴대폰이 울린다.)

태우, 희관   못 봤는데요.

영길   이 녀석 어디 간 거야.

(태우와 희관에게) 보게 되면 여기서 기다리라고 해라.

태우, 희관   네.

영길   네. 조영길입니다. 아까 우리 반 보충수업비 다 걷어서 행정실에 넘겼어요.

인원이 안 맞아요? 몇 명이요?

영길이 나간다.

희관이 다시금 휴대폰 게임을 한다.

태우가 소강당 복도로 들어가려는데 희주가 무언가를 찾는 듯 주위를 살피며 나온다.

태우는 희주를 못 본 척 지나간다.

희주가 주위를 살피다가 소강당 구석에 있는 쓰레기통으로 간다.

거기서 자신의 운동화를 꺼낸다.

운동화에 묻은 오물들을 털어내고 희주가 나가려고 한다.

| 희관 | (휴대폰 게임을 하면서) 저번엔 추리닝 버리더니. 이번에는 운동화냐? |

희관   (휴대폰 게임을 하면서) 저번엔 추리닝 버리더니.

이번에는 운동화냐?

너답지 않게 왜 참고 있냐? 예전처럼 미친 짓 한 번 해.

희주   신경 꺼. 내가 알아서 해. (나가려고 한다.)

희관   영길이가 너 찾더라.

희주가 잠시 멈칫하다가 나가려고 한다.

희관   여기서 기다리고 있으래.

(자신이 하고 있던 게임에서 졌는지 탄식과 함께 휴대 폰에서 눈을 뗀다.)

준호, 어디로 전학 간대?

희주   ……몰라.

희관   하긴. 어디로 전학 가는 게 뭐가 중요하냐.

여하튼 너도 걔 때문에 피 많이 본다.

태우가 쇼핑백에 자신의 트레이닝복을 담아서 가지고 나온다.

태우가 희관에게 가자는 신호를 보낸다.

희관이 태우를 따라 나간다.

희관   준호 보면 거기 가서 잘 버티라고 전해줘라. 심리
치료 잘 받으면서.
레오타드 같은 거 되도록 입지 말라고 하고.

희관이 크리스마스 캐럴을 흥얼거리며 나간다.
희주의 휴대폰이 울린다.

희주   네. 지금 수업 끝났어요. 오늘부터 야간 타임으로
요? 네. 할 수 있어요.
크리스마스이브요? 그때도 야간으로요? (사이)
네. 괜찮아요.

희주가 전화를 끊는다.
민지가 화장실에서 휴대폰으로 통화를 하면서 나온다.

민지   추워서 지금 소강당에 잠깐 들어와 있어.
아니야, 엄마. 내가 교문 쪽으로 나갈게.
그렇게 안 서둘러도 돼. 학원 시간까지 널널해.

민지가 소강당 밖으로 나가고, 반대편에서 영길이 들어온다.

영길   강희주. 너 어디 있었냐?

희주   하실 말씀이 뭐예요?

영길   선생님한테 좀 부드럽고 상냥할 순 없는 거냐? 무슨 꼭 철수세미마냥.

희주   저 피곤해요.

영길   오늘 저녁에 탕수육이나 같이 먹자. 내가 맛있는 집 찾았다.

희주   저 탕수육 싫어해요.

영길   그 집 짬뽕도 잘하더라.

희주   저 매운 거 못 먹어요.

영길   백짬뽕도 있으니깐 걱정하지 마.

오늘 백짬뽕에 탕수육 먹으면서 너의 고3 계획을 좀 짜보자.

너 인마. 지금 상태로는 숙대는커녕 경기권도 어려워.

희주   경기권도 상관없어요.

영길   이 자식이! 벌써부터 하향조정하면 안 되는 거야.

학원은? 몇 달 전부터 안 나가는 거 같던데.

희주   그냥요.

영길　이제 본격적으로 트레이닝도 받고 해야지. 지금 뭐하자는 거야?

희주　학원비가 밀려서 더 못 나가요.

영길　처음부터 그렇게 얘기를 하든가.

내가 이제 와서 얘기하는 건데, 거기 돈만 비싸지 형편없더라.

내가 싸고 괜찮은 체대 학원 알아봐줄 테니깐 억울한 표정 그만 지어.

앞으로 남은 일 년 내신 관리 철저히 하고. 빡세게 실기 준비하자.

너 보니깐 멀리뛰기도 그렇고 좌전굴도 그렇고 다 좋아졌더라.

희주　샘. 준호 어디로 간대요?

영길　판교로 간다더라.

희주　왜 하필 판교래요?

영길　그나마 여기서 제일 가까워서 그런 거 아니겠냐.

강희주. 준호한테 미안해하고 그럴 필요 없어.

걔네 엄마가 선택한 거니깐.

그리고 너도 올해 잘 참고 잘 견뎠어.

이제 고3 되면 지들 공부할 거 하느라 너한테 쓸데없는 짓 안 할 거야.

그러니깐 다시 너한테 집중하면 돼.

(휴대폰이 울린다. 황급히 받는다.) 네, 부장선생님.

제가 오늘 오전에 저희 반 기말고사 성적 교과별로 산출해서 다 넘겼는데요.

중간고사랑 통합한 자료요? 제가 확인하고 바로 보내드리겠습니다. (전화를 끊는다.)

강희주! 30분 안에 정리하고 나올 테니깐 여기서 잠깐만 기다려! 알겠지?

넌 오늘 나랑 백짬뽕과 탕수육을 무조건 먹는 거야!

영길이 나간다.

고개를 숙인 채 한동안 서성이던 희주가 나가려고 한다.

자신의 물건을 담은 박스와 가방을 들고 준호가 소강당 입구에 서 있다.

준호의 물건들에 누군가 매직으로 '레오타드에 좆나게 꼴려요~ollo' 라고 써놓았다.

준호	여기서 뭐 해? 집에 안 가?
희주	가. 가야지. 넌 안 가?
준호	마지막이라 한 번 훑어보고 가려고.

희주	판교로 간다고?
준호	응. 심심하면 놀러 와라.
	신도시라 그런지 여기보다 단지도 훨씬 크다더라.
희주	준호야. (사이) 미안.
준호	뭐가?
희주	그냥 다.
준호	우리 엄마가 쪽팔리고 눈치 보여서 아들내미 전학
	보내는 건데.
	니가 왜 미안해.
희주	(글썽이며) 내가 사진만 안 올렸어도.
준호	됐어. 갑자기 신파 분위기를 만들고 그러냐.
	나 간다. 겨울방학 잘 보내라. (나가려고 한다.)
희주	준호야.
준호	왜?
희주	나 어제 30초 넘었다.
준호	정말?
희주	33초 매달렸어.
	니가 저번에 관찰일지에 써준 대로 연습하니깐 되
	더라.
준호	축하한다.
	근데, 33초 가지고 니가 가려는 대학 택도 없지 않

냐?

희주   그렇긴 하지. 여하튼 고마워.

준호   겁먹지 마.

니 팔목을 믿고 니 어깨를 믿어.

씨발. 철봉 그거 아무것도 아니야.

(나가려다가) 메리크리스마스다.

희주   너도. (사이) 잘 가.

준호가 손짓으로 인사를 하며 나간다.

희주가 준호의 뒷모습을 한동안 바라본다.

방과 후 아이들의 소리로 소강당 밖은 시끄럽고 어수선하다.

그 소란함 속에서 희주가 상당히 외로워 보인다.

무대 서서히 어두워진다.

막.

작 가 노 트

몇 년 전, 아파트 단지에 있는 독서실에서 총무를 한 적이 있다. 8개월 정도 일하면서 고1 남자아이와 친해졌다. 맨유의 웨인 루니와 떡볶이를 좋아하는 친구였다. 나도 떡볶이를 좋아한 터라 그 친구에게 근방에 맛있는 떡볶이집이 있다고 알려주었고, 같이 간 적도 있었다.

그 떡볶이집은 아파트 단지 밖으로 나가 15분 정도만 걸으면 갈 수 있는 동네에 있었다. 그 친구는 다가구 주택들이 몰려 있는 동네 분위기를 낯설어했다. 바로 옆 동네라 종종 놀러 왔을 거라는 내 생각과 다르게 그곳이 처음이라고 했다. 아파트 단지 안에 상가부터 학원까지 모든 게 있어 밖으로 잘 나가지 않는다고 했다. 그럼 이 동네에 친구가 없느냐고 물어보니 자기 친구들은 모두 같은 단지에 산다고 했다. 그러면서 부모님이 이 동네 아이들과는 되도록 어울리지 말라고 했다고 덧붙였다. 우리는 웨인 루니와 위닝 일레븐 이야기를 하면서 떡볶이를 맛있게 먹고 헤어졌다.

그 후로 적지 않은 시간이 흘렀다. 지금쯤, 그 친구는 대학에 다니고 있거나 입대를 했을 것이다. 고등학생 때보다 좀 더 다양한 사람들을 만나고 알바부터 연애까지 여러 경험들을 했을 것이다. 그런데도 나는 그 친구가 아파트 단지 밖 세상으로 나아가지 못했을 거라는 생각을 한다. 얼핏 삶의 범위가 넓어진 것처럼 보이지만 아이들 대부분이 안착하는 대학이라는 공간을 생각하면 이런 회의적인 생각이 든다. '다름'을 경험할 수 없는 환경들. 자기와 다르면 쉽게 배제하고 외면할 수 있는 공간들의 연속. 결국에는 그 친구도 단지 안의 삶을 벗어나지 못한 채 이십대를 보내지 않을까. 이런저런 생각과 함께 이 이야기를 쓰게 되었다.

연 출 노 트

전인철(연극 연출가)

연극 〈XXL레오타드안나수이손거울〉의 초연 연출가로서 공연을 만들며 고민했던 것들을 인물과 관계 중심으로 정리해보려고 한다. 부디 무대화에 도움이 되길 바란다. 초연에서는 주로 '부모의 세계에 갇힌 아이들'이라는 시선으로 작품을 만들었다. 인물들이 어떤 환경에 살고 있있으며, 그래서 어떤 결핍과 대립을 가지고 있는지 보여주는 것을 목표로 했다.

준호는 비밀을 간직한 인물이다. 수학 수업이 있는 날 레오타드를 입는데, 학교 수업의 중압감을 레오타드 입는 것으로 해소한다. 레오타드는 부모의 압박으로부터 자신을 보호하는 비밀의 공간이다. 레오타드가 공개되는 사건은 민지와 희주가 다시 만나게 되는 매개가 된다.

희주는 준호가 비밀을 잃어버리게 하는 인물이다. 준호의 비밀을 드러내는 과정에서 희주의 외로움과 억압도 함께 드러난다. 가난한 부모를 둔 희주는 학업에 집중하기보다 알바를 하며 시간을 보낸다. 철봉에 안간힘으로 매달리듯 온전히 자신의 힘으로 버티는 존재다.

민지는 부모의 시선으로 세상을 본다. 보호가 필요한 존재이며, 항상 거울을 들고 다니는 것에서 알 수 있듯 타인의 눈에 어떻게 보이는지가 중요하다. 남자 친구보다는 선생님이나 부모가 자신을 어떻게 보는지 신경 쓰고 그들의 기대치에 부응하려 한다. 아침엔 늘 어머니가 머리를 빗겨준다. 안나수이 손거울은 그런 부모의 상징물이다. 희주는 민지를 동경한다. 민지와 희주가 어릴 때부터 친구였다는 사실은 흥미롭다. 여자 둘의 관계를 잘 보여주는 게 중요하다. 민지도 힘들고 외로운 존재다.

선생님은 체육을 못하는 체육 선생님이다. 학생들을 보살펴주는 것 같지만, 잘 들여다보면 딱히 그렇다고도 할 수 없다. 그는 이 작품에 등장하는 유일한 어른으로, 특이한 점은 억압자로 존재하지도 않고 그렇다고 특별한 조력자로도 그려지지 않는다. 아이들의 세계에 관심을 가지고 지켜보는 존재다.

체육 수행평가는 중요하다. 춤을 추고 파트너에 대한 관찰일지를 쓰며 상대에 대해 몰랐던 결핍을 알게 한다. 나와 다른 존재를 이해하고 받아들이는 계기가 된다. 그래서 준호와 희주가 춤을 추며 손을 잡는 순간이 무척 중요하다.

남자 배우가 여자 레오타드를 입으면 관객들은 아주 흥미

로워한다. 준호는 붉은 레오타드만으로 관객을 사로잡는다. 더 설명이 필요 없다. 그래서 이 연극을 만드는 사람은 반대편에 있는 '희주와 맥도날드 유니폼', '민지와 안나수이 손거울'의 의미를 잘 만들어주는 게 중요하다. 그리고 준호는 꼭 레오타드만 입어야지, 그 위에 반바지 같은 걸 입어서는 안 된다.

"희주가 전력을 다해 무대 위를 뛴다"라는 지문이 있다. 되도록 많이, 배우가 정말 힘들 정도로 뛰는 게 좋다. 뛰고 나서 철봉에 매달리는 순간, 관객이 희주와 준호 두 사람 내면의 답답함과 만날 수 있게 해줘야 한다. 초연에서는 열 바퀴 뛰었다.

공간 이동이 많다. 사실적으로 재현하는 무대는 어울리지 않는다. 대도구도 번거롭다. 배우만으로, 배우의 연기만으로 공간을 만들어가는 방법이 좋다.

『대한민국 부모』(이승욱 · 신희경 · 김은산 지음, 문학동네, 2012)와 『울기엔 좀 애매한』(최규석 지음, 사계절, 2010). 박찬규 작가가 추천한 이 두 권의 책에서 많은 도움을 받았다.

무 대 노 트

박상봉(무대 디자이너)

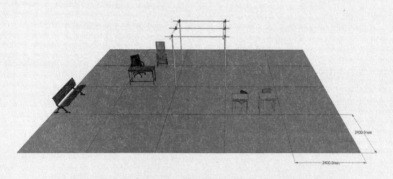

<XXL레오타드안나수이손거울>은 장소의 변화가 비교적 많은 극이다. 무대에서의
공간은 어떻게 설정하느냐가 매우 중요한데, 간단한 공간 구획만으로도 무대 장치
의 변화 없이 여러 장소를 효과적으로 표현할 수 있다.

우선 바닥에 마킹 테이프를 이용해 일정한 크기의 그리드를 그린다. 그다음 각각의
공간을 설정한 뒤 그에 알맞은 대도구들을 배치한다. 이를테면 준호의 방은 한 칸,
컴퓨터실은 두 칸 등으로 설정하고 대도구를 통해 안과 밖을 구분하는 식이다.

청소년들이 스스로 공연을 올린다면 이와 같은 방법이 적절하다. 큰 비용을 들이지
않고도 다양한 장소를 표현할 수 있기 때문이다.

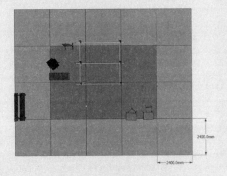

이 극의 경우 가운데 ㅁ자 공간의 바깥쪽을 길이나 소강당 같은 동선이 크고 긴 장면의 공간으로 배치하는 게 좋다. 단, 춤이나 달리기 등 움직임이 많은 극이니만큼 배우들이 자유롭게 연기할 수 있도록 대도구 배치에 신경을 써야 한다.

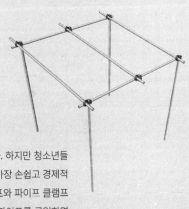

철봉은 극의 흐름상 반드시 필요한 장치다. 하지만 청소년들이 간단히 만들기엔 어려운 부분이 있다. 가장 손쉽고 경제적인 방법은 건축 현장에서 쓰는 비계 파이프와 파이프 클램프를 이용하는 것이다. 철제 가게에서 비계 파이프를 구입하면서 원하는 치수로 재단을 부탁한다. 재단한 파이프는 클램프를 이용해 원하는 모양으로 조립할 수 있다. 그림처럼 제작할 경우 중간 파이프를 철봉으로 이용해야 안전하다.

쉬는 시간

이양구

등장인물	명상
	시현
	민우
	도원
	희정
	반장
	교감

무대

2학년 5반 교실.

왼편으로 2학년 4반 교실이 있고, 오른편으로는 3학년 1반 교실이 있다.

실제 책상은 모두 서른 개지만, 무대에는 복도 쪽 창가에 놓여 있는 여섯 개만 일렬로 세워둔다.

교실 너머에 복도가 있다.

복도 너머로 멀리 바다가 보인다.

일러두기

이 연극은 '쉬는 시간'만으로 구성되어 있다. 연극을 시작하기 전에 0교시를 두어도 좋다. 여기에 적혀 있는 내용을 참고해 매 수업 시간을 자유롭게 바꿔서 공연을 해도 좋을 것이다.

1교시 쉬는 시간

1교시가 끝나는 종이 울린다.

칠판에는 수학시간의 흔적들이 남아 있다.

함수, 다항식 등이 어지럽게 적혀 있다.

명상　　　그러니까……．

명상, y=c 함수의 그래프를 그려 보인다.

명상　　　c가 상수니까 이렇게 그냥 직선이야. 이렇게……
　　　　　　직선.

시현　　　그렇지. x값에 상관없이 y값은 정해져 있으니까.

명상　　　절대 영향을 받지 않는 거야, y값은. 자, 그럼……．

명상, y=ax+b라고 쓴다.

명상　　　이건 x값이 변하면 y값도 변하지. 여기서 기울기 a
　　　　　　는 어떻게 구한다고?

시현   오른쪽에서 왼쪽을 뺀 것 분에 위에서 아래를 뺀 것.

명상   그렇지. 그러니까 오른쪽과 왼쪽의 차이보다 위쪽과 아래쪽의 차이가 더 커지면 기울기는 가팔라지고 좌우의 격차보다 위아래 격차가 더 작아지면 기울기는 완만해져.

시현   (명상의 말을 따라 한다.) 기울기는…… 오른쪽과 왼쪽의 차이와…… 위와 아래의 차이……의 비율…… 좌우 간격보다 위아래 간격이 크면 가파르고…… 위아래 간격보다 좌우 간격이 더 크면 완만하고……. 쉽네.

시현, 연습해본다. 웃는다.

시현이 다시 연습하는데 맨 앞자리에 앉아서 공부를 하던 민우가 피식 웃는다.

시현   너 지금 웃었냐? 넌 1등이라 우습다 이거냐?

민우   (어이없다는 듯) 이제 일차함수 기울기 배워서 뭐하게? 고등학교 2학년이야. 수열이랑 무한급수는 언제 배우게? 너무 늦었어.

시현   이 새끼가 정말. 야, 명상아. 내가 늦었어? (사이)

왜 말을 안 해? 난 괜찮으니까 대답해봐.

명상　　늦긴 졸라 늦었지.

시현　　……

그때 도원이 들어온다.

순간 아이들이 모두 일어나서 인사한다.

도원은 머리카락이 하얀 것이 몹시 나이 들어 보인다.

아이들　　안녕하세요?

도원은 순간 당황해서 같이 인사한다.

시현　　어떻게 오셨어요?

도원　　저, 저, 여기 2학년 5반 아닌가요?

시현　　그런데요? 누구세요?

도원　　저, 오늘 전학 왔는데요. 선생님이 이리로 올라가 보라고 해서……. 제 자리가?

다들 도원을 살핀다.

명상　　저 실례지만 몇 살이세요?

도원　저, 저, 열여덟 살. (사이) 혹시 저기 빈자리가 내 자리니?

시현　어, 어. 그래, 니 자리 맞으세요. 아, 씨발. 지금 내가 뭐라고 한 거야?

도원이 자기 자리에 가서 앉는다. 도원의 자리는 맨 뒷자리다.

민우는 다시 문제를 푼다.

시현이 칠판 앞으로 가서 다시 기울기 구하는 연습을 한다.

명상이 도원에게 다가온다.

명상　안녕? 나는 유명상.

도원　어, 그래.

명상　미안. 아까 인사해서.

도원　뭐가?

명상　난 순간 교감이 들어오는 줄 알았거든. 하, 씨발. 교감이 왜 교복을 입고 들어오나 해서.

도원　교감이 여기선 교복을 입고 다녀?

명상　아니, 그게 아니라. 교감이 쉬는 시간에 자주 복도에서 돌아다닌단 말이야. 가끔 창문으로 이렇게 들여다보기도 하고. 그래서 니가 교감인 줄 알았어. 미안해.

도원   괜찮아. 원래 내 별명이 교감이었어. 전 학교에서
　　　도. 그러니까 그냥 교감이라고 불러.

명상   정말이야?

도원   그런데 이거. (자기가 앉은 책상에 붙은 포스트잇을
　　　가리킨다.)

명상   아, 이거…… 이게 왜 붙어 있지? 여기 앉아 있던
　　　애가 전학 갔거든.

도원   왜 전학 갔어?

명상   왜 갔지? (사이) 시현아. 30번 애 왜 전학 갔지?

시현   (기울기를 구하다가) 정답!

명상   뭔데?

시현   마이너스 1.

명상   뭐?

시현   마이너스 1이라고.

명상   30번 왜 전학 갔냐고?

시현   왜 갔지? (사이) 다시 한 명 왔으니까……. 플러스
　　　1. 합이 0. (웃는다. 생각난 듯) 쉽네.

도원   그럼 어디로 전학 갔어?

명상   몰라. 모르겠네. 정말 어디로 갔지?

시현   위쪽으로 갔을걸?

명상   근데 넌 어디에서 왔어?

도원	나? 나도 위에서 왔어.
명상	정말? 위 어디?
도원	있어, 저기 좀 많이 위에서.
명상	얼마나 윈데?
시현	끝! 완전히 끝냈어. 이해했음! (분필을 던진다.)

명상, 칠판 쪽으로 간다.

명상   자, 그럼…….

명상, y=ax²이라고 쓴다.

명상	이차함수의 기울기 a가 플러스면…… (그린다.) 마이너스면…….
시현	이건 곡선인데도 왜 기울기라고 그래?
명상	(사이) 그러게……. 야, 박민우. 이건 왜 기울기라고 그래? 곡선인데?
민우	(사이) 그것도 기울었잖아. 곡선으로.
명상	그래서 그런 거야? 확실해?
민우	…….
시현	이 새끼. 너도 모르지? 모르면서 아는 척한 거지?

딱 걸렸어.

민우　확실할 거야.

시현　확실해?

민우, 책을 찾아본다.

시현　책 보지 말고. (사이) 전학생. 넌 알아?

도원　난 전학 와서 잘 몰라.

시현　그런가?

명상　교과서는 똑같지.

시현　그러네.

침묵.

도원, 본다.

도원　기울기가 원래 그런 거 아닌가?

시현　뭐가 그래?

도원　똑바로 기울어지는 게 아니라.

시현　기울어지는 데 똑바로가 어딨어?

도원　그러니까 내 말이. 똑바로가 아니니까 기울어진
　　　　거잖아. 아닌가? 기울어져서 똑바로가 아닌가?

시현　　무슨 소릴 하는 거야?

도원　　나도 모르겠어. 미안해. 사실 나도 수포맨이야.

시현　　······.

도원　　수학 포기했다고.

민우가 고개를 들어 시현을 본다.

시현　　뭘 봐, 새끼야.

민우가 고개를 돌린다.

도원　　잠깐 본 거지만 포기해도 나쁘진 않을 것 같아. 이
　　　　건 그냥 내 생각이야. 미안. (사이) 저기 근데······
　　　　얘는 왜 포스트잇을 안 떼고 간 거야?

시현　　까먹었겠지.

도원　　이렇게 잘 보이는데. 일부러 두고 간 게 아니고?

시현　　그걸 왜 두고 가?

민우가 돌아본다.

침묵.

명상은 다시 $y=ax^2$으로 돌아와 있다.

명상   같은 점이라도 a가 플러스면 (꼭짓점을 가리키며) 여기가 최솟값이 되고, 마이너스면 최댓값이 되는 거지…….

시현   그러니까 기울기가 플러스인지 마이너스인지 알아야 하는 거구나. 이렇게 쉬운걸. (웃는다.)

명상이 칠판에 $y=ax^2+bx+c$를 쓴다. 이를 미분하여 $y=2ax+b$라고 쓴다.

명상   이건 기울기의 기울기 함수야. 이렇게…… 이차함수에서 점이 왼쪽에서 오른쪽으로 이동할 때마다 기울기가 어떻게 변하는지 보여주는 거야. 가령 이렇게 기울기가 마이너스인 곳에서는 도함수 y값이 마이너스인 거고, 기울기가 플러스인 곳에서는 도함수의 y값이 플러스인 거지.

시현이 무슨 소리냐는 표정으로 칠판을 본다.

민우가 한숨을 쉬며 시현을 본다.

시현   저 새끼가. 너 체육시간에 보자.

민우   난 체육 포기했다.

시현   포기하지 마, 새끼야.

민우   넌 체육이 재밌니?

시현이 웃는다.

민우   왜 웃어?

시현이 웃는다.

민우   왜 웃냐고.

시현   그만하자.

민우   뭘 그만해?

시현   체육은 재밌어.

민우가 한숨을 쉬더니 다시 수학 문제를 풀려고 고개를 숙인다.

시현이 큰 소리로 웃는다.

그때 3학년 1반 박희정이 들어온다.

시현이 갑자기 웃음을 멈추고 인사한다.

시현   어, 누나. 안녕하세요.

희정   (어이없다는 표정) 야, 조시현. 너 내가 큰 소리로 웃지 말라고 했지. 애들 스트레스 받잖아.

시현　네, 누나. 죄송해요. 수능도 얼마 안 남았는데.

희정이 도원을 발견한다.

희정　(어정쩡한 인사) 아, 안녕하세……요.

시현　도원아, 인사해. 옆 교실 3학년 1반 누나셔.

도원　(어정쩡하게 일어나서) 안녕하세요.

희정　아, 안, 안녕. 나이가…….

시현　열여덟이래요.

도원　편하게 대하세요. 그냥 교감이라고 부르시면 돼요.

희정　교감?

명상　전에 학교에서도 교감이었대요. 별명이요.

희정　아, 그, 그래. 안녕, 교감.

시현　(크게 웃다가 희정이 쳐다보자 뚝 그친다.) 아, 죄송. 안 웃을게요. 근데 누나 도함수 좀 아세요?

희정　도함수?

시현　제가 지금 도함수를 배우고 있는데 잘 이해를 못해서.

희정　아, 그거…… 기울기가 변한다는 거야. (칠판으로 간다.)

시현   기울기가 변한다.

희정   그렇지. (연필을 들어 보이며) 기울기는 이렇게 자
꾸 변하는 거잖아. (점차 기울기를 변화시키며) 이렇
게 하면 플러스, 이렇게 하면 마이너스. 이렇게 수
평이면 기울기가 0. (이차함수로 돌아가서 위쪽 꼭짓
점에 연필을 대고 수평의 접선을 만들어 보인다.) 자,
봐. 여긴 기울기가 0이잖아. 가장 높은 곳은. 그리
고 여기 (이차함수의 아래쪽 꼭짓점에 접선을 만들어
보이며) 가장 낮은 곳도 기울기가 0이야. 그 사이
에 조금씩은 다 기울기가 있는 거고.

희정은 진지한 표정으로 시현을 놀리듯 장난을 친다.

시현   그게 다예요?

희정   시현이 너, 중국어 숙제 했어?

시현   아아, 맞다. (책상으로 달려간다. 중국어책을 꺼내서
읽는다.)

2교시 시작을 알리는 종이 울린다.
아이들의 중국어 외우는 소리가 들리며 암전.

2교시 쉬는 시간

민우는 여전히 맨 앞자리에서 공부를 하고 있다.

도원이 맨 뒷자리에서 가방을 싸고 있다. 명상이 곁에 있다.

명상   니가 2학년 4반이란 게 말이 되냐?

도원   미안해. 내가 5반이라고 잘못 들은 것 같아.

명상   담탱이가 잘못 말한 거 아냐? 자주 그런단 말이야.

도원   아닐 거야. (사이) 내가 분명히 2학년 5반이라고 들었는데. (가방을 다 싼 뒤) 겨우 한 시간이었지만 반가웠다.

명상   야, 그러지 말고. 내가 담탱이한테 다시 말해볼게. 야, 민우야. 나랑 같이 가서 얘기해보자.

민우   (무심하게) 소용없어. 벌써 결재 끝난 일일 거야.

명상   가서 얘기하면 되지.

민우   이미 서류 처리가 끝난 일이라고. 얘기해봐야 혼나기만 해. 애초에 우리 반이 아니라 옆 반으로 배정된 거라고.

명상   원래 그런 게 어딨냐?

도원   나는 괜찮아.

명상	뭐가 괜찮아. 넌 우리 반이야.
도원	난 다른 반이었던 거잖아.
명상	다시 우리 반으로 바꾸면 되지. 어차피 자리도 하나 남는데.
민우	소용없어. 불법체류자 같은 거라고.
명상	뭐?
민우	비유하자면 그렇다는 말이야.
도원	이제 우리 반으로 갈게.

도원, 명상에게 악수를 청한다.

| 명상 | 기다려봐, 일단. 친해졌잖아. 옮기면 되지. |

시현, '쫀쫀이'를 먹으며 들어온다.

시현	뭔데? 뭘 옮겨? (사이) 줄까?
명상	지금 쫀쫀이 먹게 생겼냐?
시현	웬일이냐? 니가 쫀쫀이를 거부하고. (도원에게) 하나 먹어, 도원아.
도원	어. 고마워.
시현	먹어. 맛있어. 니네 학교에도 이거 팔았어?

도원	아니.
시현	이거 뜯어서 먹어. 되게 달아.
도원	(뜯는다.) 얼었네?
시현	어. 이게 원래 언 건 아닌데 아줌마가 자꾸 눌어붙으니까 아예 얼려서 주시더라고. 얼려서 먹는 것도 나쁘진 않은 것 같지? 어때?
도원	그러네. 엿 같다.
시현	그래. 엿 같다니까.
명상	(쫀쫀이를 하나 뺏으며) 엿 같네.
시현	안 먹는다며?
명상	엿 같아서.
시현	야. 박민우. (민우에게 쫀쫀이를 하나 던진다.) 먹어가면서 해. 니 씨발로마.
민우	죽을래?
시현	미안. 발음이 구려서. 니츠판러마你吃过饭?

민우, 쫀쫀이를 뜯어 먹는다.

시현	(중국어로) 맛이 어때?
민우	하오하오好好.
시현	하오하오. (도원에게 중국어로) 너는 어때?

도원　하오하오. 씨에씨에^{謝謝}.

시현　(중국어로) 괜찮아.

도원　(가방을 어깨에 둘러메고) 짜이찌엔^{再見}.

시현　짜이찌엔. 어디 가냐?

도원　실은 나 옆 반이래.

시현　뭔 소리야.

도원　2학년 4반인데 내가 잘못 들어온 거래.

시현　뭐야. 그럼…… 지금 간다고?

도원　어. 옮기래.

시현　이게 뭔 소리야.

도원　괜찮아. 어차피 옆 반인데 뭐. (쫀쫀이를 마저 먹으며) 근데 정말 엿 같다, 이거.

시현　엿이라니까. 정말.

희정이 복도에 나타난다.

희정　(창문 너머로 손을 내밀며) 나도 쫀쫀이.

시현　어, 누나. (사이, 중국어로) 쫀쫀이 다 먹었는데. 다음 시간에 사다 줄게요.

희정　빠가야로. (도원에게) 근데 너 가방은 왜 쌌어?

도원　저 옆 반으로 가요.

희정   옆 반은 왜?

도원   원래 옆 반이었대요.

도원이 복도로 나간다.

명상, 따라간다.

명상   야. 기다려봐. 기다려보라고.

시현도 밖으로 나간다.

복도에서 실랑이하는 소리가 들린다. 간간이 중국어도 들린다.

민우는 귀를 막고 있다가 나중에는 피식 웃어버린다.

시현   기다려. 여기서 기다려. 우리가 갔다 올 테니까. 누
         나도 좀 같이 가요.

희정   응? 난 왜?

시현   같은 동아리잖아요. 누나도 좀 도와줘요.

아이들이 우르르 몰려간다.

희정은 2학년 4반으로 간다.

도원이 혼자 남은 민우를 물끄러미 바라본다. 창문 너머로.

민우도 돌아본다.

도원은 말없이 민우를 본다.

잠시 후 민우는 다시 고개를 돌려 하던 공부에 열중한다.

2학년 4반 반장이 희정과 함께 나타난다.

반장   근데 어떡하죠? 우리 반엔 남는 책상이 없는데. 창
           고에 가서 다시 가져올까요?

희정   (도원이 앉았던 책상을 가리키며) 이거 하나 남는 거
           아냐?

민우   남는 거예요.

희정   그럼 저 책상을 가져가면 되지 않을까?

반장   그럴까요?

반장이 들어와서 책상과 의자를 가지고 복도로 나간다.

종이 울린다.

반장   근데 이거 허락받아야 하지 않을까요? 이건 5반
           건데?

희정   어차피 우리 학교 거잖아.

반장   그런가? 선생님들이 어떻게 생각하실지.

반장이 책상을 다시 가지고 들어온다.

책상은 교실에, 의자는 복도에 있다.

잠시 뒤 시현과 명상이 뛰어 들어와 자기 자리에 앉는다.

다음 수업 책을 꺼낸다.

희정	뭐라서?
시현	나중에 얘기하자고 하셔요.
희정	나중에?
시현	뭐해? 들어와, 도원아.
희정	그럼 일단 5반에서 수업받으래?
시현	그 얘긴 안 하셨는데?

사이

민우	일단 4반으로 가. 원래 4반이었다며.
명상	들어와. 1교시 수업은 여기서 받았잖아.
반장	어떻게 하지? 곧 선생님 올라오실 텐데.
아이들	어떡하지? (저마다 한마디씩 한다.)
시현	민우야. 방법 없어?
민우	선생님 오면 물어보면 되지.

시현   그럼 그때까진 복도에 서 있어? 도원이?

그때 도원이 3학년 1반 교실 쪽을 향해서 인사한다.

도원   안녕하세요?

아이들, 모두 흩어진다.
희정과 반장은 각자 반으로.
시현과 명상과 민우도 자기 자리에 앉아서 앞을 본다.
도원만이 복도에 서 있다.

암전.

3교시 쉬는 시간

민우는 여전히 자기 자리에 앉아서 공부를 하고 있다.

도원은 맨 뒷자리에 앉아서 앞을 보고 있다.

시현과 2학년 4반 반장이 복도 창가에 기댄 채 이야기를 나누고 있다.

명상이 교실로 들어오더니 휴대폰을 가지고 다시 나간다.

시현   어디 가?

명상   화장실.

시현   방금 갔다 온 거 아냐?

명상   휴지가 떨어졌더라고.

명상, 간다.

사이

시현   쟤 지금 휴대폰 가져갔지?

반장   어. 왜?

시현   가볼래?

반장   어딜?

시현 화장실.

반장 갔다 왔어.

시현 아니. 쟤 수상해서.

반장 뭐가? (웃는다.) 가자.

두 사람, 뛰어간다.

침묵.

도원 쟤들 왜 저러는 거야?

민우 감시하러 가는 거야.

도원 감시?

민우 화장실에서 나쁜 짓 안 하나.

도원 나쁜 짓?

민우 있어, 그런 게. 화장실 위에 올라가서 보는 거지. 정말 일을 보는 건지, 나쁜 짓을 하는 건지.

도원 아아. 그 나쁜 짓. (사이) 그게 나쁜 짓인가?

민우 나쁜 짓은 아니지만…… 하여튼 학교에서 좀 그렇잖아.

도원 그렇다고 그걸 몰래 봐?

민우가 다시 책을 보다가 잠시 후 문득 뒤를 돌아본다.

도원이 앞을 보고 있다.

민우와 도원 사이에 빈 책상들.

민우   뭘 봐?

도원   응?

민우   왜 계속 보냐고.

도원   내가? 나 그냥 앞만 본 건데?

민우   정말 나 본 거 아냐?

도원   어? 보긴 봤지. 니가 앞에 있잖아.

민우   그런 거 말고. 자세히 보진 말라고.

도원   알았어.

민우, 고개를 돌린다.

도원   근데 그냥 보여. 우리 사이에 애들이 없잖아. (사이)

　　　　　부담스러워?

민우   가끔. 누가 날 보고 있다고 생각하면.

도원   너도 그런 생각 하는구나.

민우   당연하지. 넌 좋겠다.

도원   뭐가?

민우   뒤에서 널 보는 사람이 없잖아.

도원   그럼 넌 남들 시선 때문에 쉬는 시간에도 공부만 하는 거야?

민우   (사이) 남들 시선보다는…… 그냥 내 스스로.

도원   너 스스로.

민우   맘이 편하질 않아. 놀고 있는 나를 보는 내가 있어. 그 시선이 자꾸 생각나면 공부를 해도 집중을 못 해. (사이) 근데 넌 늘 그렇게 봐?

도원   나? 그냥 보는 거야. (사이) 불편해, 지금?

민우   아니. (사이) 솔직히 말하면 조금 불편해.

도원   미안해. 내일이면 난 4반으로 갈지도 모르니까.

민우   그런 뜻은 아니야. 그리고 니가 없어도 누군가 나를 보잖아. 그 자리는 계속 있는 거니까.

도원   그런가?

민우   그렇지. 너 오기 전에도 그랬으니까. (사이) 그리고 너, 여기 있게 될 거야.

도원   그럴까?

민우   그럼. 보낼 거면 오늘 보냈겠지.

도원   아무튼 내가 결정할 수 있는 게 아니니까.

민우   불안해?

도원   어? (사이) 남의 학교잖아.

민우   전학 왔잖아. 익숙해질 거야.

도원   고마워.

언제부터인지 희정이 3학년 1반 교실 쪽에서 창가에 붙어 밖을 바라
보고 서 있다.

민우   (공부를 하려다가) 누나. 무슨 걱정 있어요?

희정   그냥. 바다 보는 거야.

민우   무슨 생각해요?

희정   그냥.

민우   생각이 많아 보여요.

희정   너도 고3 돼봐. (웃는다.)

희정이 교실로 돌아간다.

그때 명상이 뛰어온다.

시현과 반장이 쫓아온다.

그들은 한두 바퀴 교실과 복도를 휘돌다가 멈춘다.

명상   아니라고. 진짜 아니라고.

시현   하하하하하하하하. 웃기고 있네. 내가 다 봤다니까.
       야, 너도 봤지?

반장   봤어. 나도.

명상   아니라고.

시현   그럼 휴대폰 보여줘.

명상   내가 왜 보여줘?

시현   거봐, 새끼야. 찔리니까 안 보여주는 거 아냐.

명상   아니라고!

민우   뭔데?

시현   (큰 소리로 웃는다.) 웃기고 있네. 근데 왜 숨기냐?

민우   뭐냐고!

시현   이 새끼가 화장실을 두 번 갔어.

민우   그게 어때서?

시현   화장지가 없어서 다시 왔다 그러고 다시 와서 휴대
폰을 가져갔어.

민우   근데 그게 뭐?

시현   (두루마리 화장지 뜯은 걸 보여주며) 근데 이건 뭐지?
내가 화장실에서 뜯어온 건데?

민우   근데?

명상   아니라고!

시현   너 이 새끼, 학교에서 야동 보지 말랬지? (큰 소리로
웃는다.)

희정이 온다.

희정   야, 조시현. 너 그렇게 웃지 말랬지?

시현   아, 누나. 근데 이건 진짜 웃긴 거예요. 누나가 알면
       용서가 안 될 거예요.

명상   너 조용히 해.

희정   무슨 일인데?

시현   어…… 그게 누나. 얘가 화장실에서.

희정   화장실에서 뭐?

시현   (망설인다.) 아, 누나. 이건 좀……. 음, 그러니까…….
       이 더러운 새끼.

명상   아니라고!

희정   뭔데? (사이, 뭔가 오해를 하고 화가 치민다.) 휴대폰에
       뭐가 있는데? 이리 줘봐.

명상   싫어요.

희정   이리 줘보라고.

시현이 희정을 가로막는다.

시현   아니. 누나, 이건 좀 아닌 것 같아요.

희정   뭔데?

시현   아니. 아니에요. 그냥 가세요.

희정　비켜. 비키라고. 뭔데?

시현　누나. 남의 휴대폰 자기 것도 아닌데 막 보는 거 아니에요.

희정　근데 넌 왜 보려고 했어?

시현　전 친구잖아요. 친구가 잘못된 길을 가면 충고할 책임도 있는 거고.

희정　잘못된 길? 비켜봐. 야, 유명상. 너 그거 지금 안 보여주면 나랑 끝이야. 너 거기에 뭐라고 썼어?

시현　(가로막으며) 누나. 그게, 뭘 쓴 게 아니라. 얘가 뭘 본 거예요. 영상을.

희정　(단단히 오해해서) 보자고. 내놔.

명상이 어쩔 수 없다는 듯 시현의 휴대폰을 준다.

시현　(속삭이듯) 어쩌려구?

희정　이거 비밀번호 뭐야? 풀어.

시현　아아. 이거 안 되는데. 풀어, 그냥.

명상　시현아. 니가 풀어. 니 폰이야.

시현　뭐? (알아본다. 큰 소리로 웃는다.) 누나. 이건 내 거잖아요.

희정　내놓으라고.

시현   에이. 누나도 참.

종이 울린다.

시현   종 쳤다.

희정   내놔.

시현   가세요, 그만.

희정   안 내놓으면 선생님한테 말한다.

시현   누나. 한 번만 봐주세요.

희정   뭔데? 니들 도대체 뭘 숨기는 거야?

시현   (웃통을 훌떡 벗으며) 참! 체육시간이지? 우리 옷 좀
          갈아입어야 하는데?

희정   야. 이 새끼가.

아이들이 옷을 벗고 체육복으로 갈아입는다.

희정   벗을까? 나도 벗을까?

시현   누나. 왜 이러세요.

시현이 도망간다.

도원   근데 난 체육복 없는데?

아이들이 부산스럽게 옷을 갈아입으며 암전.

점심시간

4교시가 끝난 뒤 점심시간.

아이들은 급식을 먹으러 교내 식당에 가 있다.

교실은 아이들이 벗어놓고 간 옷가지, 아무렇게나 두고 간 책들로 어지럽다.

책상의 줄도 흐트러져 있다.

방송반에서 틀어놓은 음악이 흐르고 있다.

교감이 복도를 지나가다가 교실을 들여다본다.

교감은 칠판을 지우고 아이들 책상도 조금씩 가지런히 해준다.

그때 도원이 들어온다.

도원 안녕하세요.

교감 안녕, 교감.

도원 네?

교감 (웃는다.) 잘 지내.

도원 네? 네.

교감 나간다.

도원은 자기 자리로 가 앉는다.

이어폰을 귀에 꽂는다.

잠시 뒤 희정이 복도를 지나가다가 도원을 본다.

희정   (다가와서) 도원아. 뭐 들어?

도원   (이어폰을 빼며) 어. 누나. (이어폰을 보여준다. 이어폰만

        있다.)

희정   밥 먹었어?

도원   어…… 네.

희정   스파게티 맛있지?

도원   어…… 네. (사이) 실은 저 스파게티 안 좋아해요.

희정   어, 그래? 난 제일 좋아하는 메뉴인데.

도원   아, 네…….

희정   근데 너 전에 학교에선 교내활동 뭐 했어?

도원   아, 저는…… 뭐 별 거 없어요.

희정   뭐 했는데?

도원   말하기 좀 그런데.

희정   왜?

도원   …….

희정   뭔데? 괜찮으니까 말해봐.

도원   (망설이다가) 기도 동아리요.

희정   기도?

도원   네.

희정   그럼 뭐, 기도하는 거야?

도원   네.

희정   그렇구나.

도원   (눈을 감고 두 손을 모은다.) 이렇게.

희정   한 시간 내내?

도원   네. 그냥 자는 애들도 있어요. (천진하게) 누나. 우리
      기도할래요?

희정   뭐?

도원   제가 먼저 할게요. (눈을 감는다.)

희정   어. 그래. 저기. 근데.

도원   (눈을 뜬다.) 네?

희정   목적이 있을 거 아냐. 누굴 위해서 한다든가.

도원   그냥 각자 정해서 하는 거예요. 맘속으로.

도원, 눈을 감는다.

희정, 눈을 감는다.

희정   저기 미안한데. 나는 생각이 안 나.

도원   그럼 그냥 눈만 감고 있으면 돼요.

희정   어. 그렇구나……. (사이) 그럼 나, 도원이 너 우리 동 아리 들어오라고 기도할까?

도원   네? 합창반요?

희정   어. 싫어?

도원   아뇨. 그건 아닌데 노래를 잘 못해서.

희정   상관없어. 어차피 사람도 모자라거든. 그럼 우리 기 도할까? 도원이가 우리 합창반에 들어오게 해주세 요.

도원   누나. 맘속으로 해주세요.

희정   그래.

희정, 눈을 감는다.

도원, 눈을 감는다.

희정, 잠시 그대로 있다가 조용히 자기 교실로 간다.

도원, 조금 더 기도하다가 그냥 엎드려서 잔다.

명상이 들어와 자기 자리에 앉는다.

명상   (계산한다.) 비틀즈 두 개 1,400원. 짱셔요 700원. 쌀 떡과자 500원. 계란과자 500원. 감자알칩 500원.

쫀쫀이 300원. 코코팜 1,000원. 블루하와이 1,000
원……. (다시 반복한다.) 이상하다……. 300원이 어디
갔지? (다시 계산한다.) 쌀떡 500원. 쫀쫀이를 두 개
사 먹었나? 하나 사 먹었는데……. 블루하와이 1,000
원. 짱셔요 700원. 두 개 먹었던가? (계속 반복해서 계
산한다.)

시현이 들어온다.

시현 그만해. 300원 가지고.

명상 300원이 중요한 게 아니라. 계산이 안 맞잖아. (계산
한다.) 비틀즈 두 개 1,400원. 짱셔요 700원. 쌀떡과
자 500원. 계란과자 500원. 감자알칩 500원. 코코팜
1,000원. 블루하와이 1,000원. 쫀쫀이 300원……. (다
시 반복한다.) 이상하다……. 300원이 어디 갔지? (다
시 계산한다.) 내가 어제 쫀쫀이를 두 개 사 먹었나?
하나 사 먹었나?

시현 두 개. 아니, 하난가? 하나다. 맞다. 하나다.

민우가 들어와 자기 자리에 앉는다.

명상   민우야.

민우   왜?

명상   내가 어제 쫀쫀이를 몇 개 사 먹었어?

민우   두 개.

명상   점심시간에 하나 사 먹었고.

민우   두 개 샀어.

명상   한 개 샀어.

민우   두 개 고르려다가 한 개 내려놨다가 다시 들었어.

명상   내려놨어. 난 하나밖에 안 샀는데.

민우   시현이가 채 갔잖아.

명상   아아…….

시현   그랬나?

명상이 시현이 앉은 의자를 걷어찬다.

명상   너 기억하면서 모른 척한 거지?

시현   정말 기억이 안 난 거야. 정말이야, 새끼야.

명상   정말이야?

시현   내가 거짓말을 왜 하냐? (사이) 넌 새끼야. 내가 거짓
말할 사람으로 보여?

명상   …….

시현   하아. 이 새끼 정말.

명상   좋아. 친구끼리 의심하기 없기! (사이) 근데 너 뭐하냐? 또 답안지 보고 영어 숙제 하냐?

시현   아, 씨……. 어제 공부하느라고 시간이 너무 없어서…….

명상   게임 한 거 아냐?

시현   아냐. 새끼야.

명상   어제 접속해 있던데?

시현   잠깐 접속한 거야.

명상   1시까지 접속해 있던데?

시현   아아. 이 새끼가 정말.

시현이가 답안지를 던진다.

시현   불러, 새끼야.

명상   (답안지를 읽는다.) 다음 중 적절하지 않은 접속사는? 4번 however.

시현   답만 불러, 새끼야.

명상   여기서 therefore, and, so 같은 거는 다 긍정적으로 이어지는 거잖아.

시현   답만 부르라고!

명상 공부를 해야 할 거 아냐, 새끼야.

시현 그래서 과외 받고 있잖아.

명상 답안지 보고 답 달아 가는데 과외 선생님이 모르냐?

시현 몰라, 새끼야.

명상 모를 리가 없잖아. 안 혼나?

시현 모른다니까, 새끼야.

명상 과외 끊을까 봐 모른 척하는 거 아냐?

시현 알았어, 새끼야. 이건 틀린 걸로 할게. (빗금을 긋는 다.) 그리고 이건 맞은 거고(동그라미), 이건 틀린 거고(빗금)…….

명상 야, 답을 먼저 적고 동그라미를 긋든 빗금을 긋든 해야지.

시현 일단 동그라미랑 빗금 먼저 긋고 답은 나중에 쓰면 되지. 몇 개 맞은 걸로 하지? (시현은 동그라미와 빗금을 두고 동그라미를 지우고 빗금을, 빗금을 지우고 동그라미를 그리며 왔다 갔다 한다.) 자, 이제 답 불러.

명상 2, 3, 3, 4, 5.

시현 2, 4, 3, 4, 4.

명상 1, 2, 3, 4, 3.

시현 5, 2, 3, 4, 6. ……6? 5.

두 사람은 그런 식으로 영어 문제를 풀어나간 흔적을 만든다.

희정이 지나가다가 그 모습을 본다.

희정 (복도에서) 채점하는 거야?

시현 어. 네, 누나.

희정 (문제지를 보면서) 틀린 거랑 맞은 거랑 거의 비슷하
네. (웃는다.) 근데 기초 문제를 틀리고 심화 문제를
맞혔네…….

시현 누나. 원래 쉬운 문제가 어려운 거고 어려운 문제가
쉬운 거예요.

도원 (깜짝 놀라서 벌떡 일어난다.) 네! 25번 최도원입니다!
저 안 잤어요! (사이, 앉는다.)

아이들, 도원을 본다.

그때 2학년 4반 반장이 지나간다.

희정 표정이 왜 그래? 어디 가?

반장 교무실요.

반장, 간다.

명상 다음 페이지 갈래?

시현 어? 뭘?

명상 답안지.

시현 어? 어? 아, 다음 중 괄호 안에 들어갈 접속사로 적
절하지 않은 것은?

명상 문제도 풀게?

시현 어? 무슨 말이야? 당연히 문제를 풀어야지.

희정 …….

시현 잠시만. 나 화장실 좀 갔다 올게. (나간다.)

그때 종이 울린다.

시현, 다시 돌아와 자리에 앉는다.

시현 다음 시간 뭐지?

명상 음악.

시현 (책을 편다. 다음 시간에 배울 노래 한 소절을 부른다.) 누
나. 안 가세요?

희정, 한참 시현을 보다가 간다.

암전.

어둠 속에서 아이들의 합창. [●]

● 이 장면은 초연을 연출한 이연주 연출가가 만든 것이다. 암전 속에서 노래를 부르는 아이들의 실루엣이 서서히 보였다가 다시 사라지도록 하니까 장면이 퍽 좋았다. 무대에 올릴 때 참고하면 좋을 듯하다. 노래는 '그대 있는 곳까지Eres Tu'를 불렀다.

5교시 쉬는 시간

민우는 여전히 맨 앞자리에서 공부를 하고 있다.

명상이 자를 들고 시현 앞에 서 있다.

시현이 두 손을 내밀고 있다.

명상   (선생님 목소리를 흉내내며) 피하면 두 배로 맞는 거다.

명상, 자로 서현의 손바닥을 내려친다.

시현이 피한다.

명상   피했다. 두 배다. 다시 대.

시현, 손을 댄다.

명상, 내려친다.

시현, 피한다.

명상이 자로 시현의 머리를 때린다.

명상   다시 대. (한 마디에 한 대씩 때리면서. 물론 장난이다.)
           음정, 하나, 틀릴, 때마다, 한 대라고, 내가, 했어, 안

했어?

시현   선생님. 전 음치에다 박치라고요.

명상   노력을 안 하니까 그런 거 아냐.

시현   노력해도 안 된단 말이에요.

명상   노력해서 안 되는 게 어딨어? 니가 안 하니까 그렇지.

시현   노력했다니까요.

명상   남들만큼 하니까 그렇지. 남보다 모자란 만큼 너는 더 노력을 했어야지. 다시 불러봐.

시현   (노래한다.) 영원히 − 사랑한다던 − 그 맹세 −. 잠 깨어 보니 − 사라 − 졌네.

명상   다시.

시현   (노래한다.) 영원히 − 사랑한다던 − 그 맹세 −. 잠 깨어 − 보니 − 사라 − 졌네.

명상   따라해. (노래한다. 선생님 목소리로) 영원히 − 사랑한다던 − 그 맹세 −. 잠 깨어 보니 − 사라졌네.

시현   (노래한다. 얼추 음정 박자가 맞는다.) 영원히 − 사랑한다던 − 그 맹세 −. 잠 깨어 보니 − 사라졌네.

명상   그렇지! 거봐, 하니까 되잖아. (노래한다.) 지난 밤− 나를 부르던− 그대 목소리− 아− 모두− 꿈이−었나.

시현   (노래한다.) 지난 밤− 나를 부르던− 그대 목소리−

아— 모두—.

명상   그만, 그만해. 이건 음악에 대한 모독이야. 시현이 너. 음악을 모르는 인생이 얼마나 불행한 건지 아니?

시현   쌤. 저 음악 좋아해요.

명상   니가 무슨?

시현   (갑자기 벌떡 일어난다.) 쌤! (명상을 노려본다.) 전 음악 듣는 걸 좋아해요! (휴대폰을 꺼내 음악을 튼다.)

시현, 아이돌 노래를 부르며 춤춘다.

명상도 춤을 추며 노래한다.

둘은 춤을 추면서 "민우야, 나와!", "민우야, 나와!" 불러내지만 민우는 꿈쩍 않고 그냥 공부만 한다.

시현   나와, 새끼야. 나오라고! 야, 박민우! (민우의 책을 뺏는다.)

민우, 다른 책을 꺼내서 본다.

시현   도원아, 너두!

명상   너두 나와!

도원   나 춤 못 춰!

시현	막 추면 되지!
명상	나와!
시현	춰봐!
도원	못해!
명상	나와!
도원	못한다고!

희정이 나타난다.

희정	야, 니들! 조용히 안 해?
시현	누나!
희정	야, 조용히 하랬지! 조시현!
시현	아오, 누나!
명상	아오, 누나! 합창반!
시현	합창반!

두 사람, "합창반!"을 반복한다.

희정이 들어와서 같이 춤을 춘다. 노래한다.

희정	도원아, 너두!

도원이 같이 춘다. 막춤이다.

아이들의 미친 듯이 춤을 춘다.

민우는 꿈쩍 않고 책을 읽는다.

2학년 4반 반장이 커피를 손에 들고 복도에 나타난다.

춤추는 아이들을 보더니 고개를 절레절레 흔들고 사라진다.

종이 울린다.

아이들은 멈추지 않고 계속 춤을 춘다.

시현   계속해!

명상   계속해!

민우   그만해. 곧 선생님 오셔.

시현   오라 그래!

명상   오라 그래!

민우   혼난다.

시현   혼나면 되지!

명상   혼나면 되지!

희정   혼나면 되지!

시현, 명상, 희정, 도원은 복도에서 미친 듯이 계속 춤을 춘다.

그러다가 시현이 선생님을 발견한다.

시현이 춤을 멈추자 희정과 명상도 춤을 멈춘다.

시현이 음악을 끈다.

희정은 자기 교실로, 시현과 명상은 자기 자리로 가서 앉는다.

도원만 혼자서 넋을 잃은 듯 춤을 춘다.

뭔가 혼자만 듣는 음악이 있는 것 같다.

시현이 창문으로 고개를 내민다.

시현　　선생님, 안 들어오고 뭐 하세요? (도원에게) 도원아,
　　　　선생님 오셨어. (소리친다.) 도원아, 선생님 오셨다고!

도원이 그제야 정신을 차린다.

도원　　안녕하세요? (인사한다.) 죄송합니다.

도원이 정신이 없는 듯 3학년 1반으로 가다가 다시 들어와 자기 자
리에 가서 앉는다.

도원이 책을 꺼내며 묻는다.

도원　　다음 시간 뭐지?
명상　　문학.

아이들 시를 읽는다.

암전.

6교시 쉬는 시간

문학수업이 끝난 뒤, 쉬는 시간이다.

민우만이 책을 펼쳐놓고 공부를 하고 있다.

다른 아이들은 모두 고개를 묻고 잠을 자고 있다.

민우는 계속해서 무언가를 읽고 쓰고 생각하다가 또 읽고 쓴다.

민우가 멈춘다. 뒤를 돌아본다.

민우는 잠든 친구들을 잠시 본다.

그러고는 처음으로 고개를 묻고 엎드린다.

잠시 후 시현이 눈을 뜬다.

시현은 민우와 친구들이 잠들어 있는 것을 확인한다.

시현이 민우의 머리를 치려다가 머리 바로 위에서 멈춘다.

시현이 다시 고개를 묻는다.

희정이 복도를 지나간다.

2학년 4반 쪽에서 3학년 1반 쪽으로.

희정이 문득 발걸음을 멈추고 잠든 2학년 5반 아이들을 본다.

희정이 불을 꺼준다.

불이 꺼지자 교실은 조금 어둑해진다.

희정이 간다.

잠시 후 명상이 눈을 뜬다.

잠든 친구들을 본다.

명상이 시현의 머리를 치려다가 멈춘다.

명상이 다시 고개를 묻는다.

2학년 4반 반장이 지나간다.

3학년 1반 쪽에서 2학년 4반 쪽으로.

도원이 눈을 뜬다.

잠든 친구들을 본다.

도원은 다시 고개를 묻는다.

민우가 고개를 든다.

민우는 다시 책을 읽고 쓰기 시작한다.

종이 울린다.

빗소리가 들린다.

날이 조금씩 어두워진다.

빗소리가 점점 커지면서 암전.

돌아가는 시간

비가 내리고 있다.

교실에는 아무도 없다.

책상에는 책이나 가방이 쌓여 있다.

아이들이 집에 간 것인지 아직 학교에 있는 것인지 알 수 없다.

희정과 반장이 서로 맞은편에서 오다가 마주친다.

희정   너도 우산 없어?

반장   네. 교무실에 가서 있나 알아보려고요.

희정   애넨 다 간 건가?

반장   책이 그냥 있는데요.

희정   두고 간 건가?

반장   책가방도 있는데요?

희정   책가방도 두고 간 건가?

반장   설마요. 그럼 누난 어떻게 해요?

희정   난 엄마한테 데리러 와달라고 전화했어. 엄마가 올
          때까지 기다리려고. 오늘 비 온다는 예보 없었지?

반장   네. 없었어요. 갑자기 쏟아지네. 그럼 누나 조심해서
          가세요.

희정	너도 같이 갈래?
반장	괜찮아요.

두 사람, 서로 스쳐 지나간다.
(아래 대사는 양쪽 끝에서 한 사람만 무대에서 보이거나 두 사람 다 보이지 않은 상태에서 주고받는다.)

희정	같이 타고 가자.
반장	괜찮아요. 같은 방향도 아닌데.
희정	엄마한테 부탁하면 되지.
반장	괜찮아요. 죄송해서 맘이 불편해요.
희정	뭐 어때? 그래, 그럼.

침묵.
시현이 온다.

희정	너 아직 안 갔네.
시현	명상이 못 봤어요?
희정	못 봤는데. 먼저 간 거 아냐?
시현	말도 없이 갔나.
희정	화장실 간 거 아냐?

시현   그런가? (화장실 쪽으로 가며 소리친다.) 유명상. 야, 유

명상. (목소리가 점점 사라진다.)

희정   소리 지르지 마.

정적 속에서 빗소리만 이어진다.

희정, 간다.

다시 한동안 텅 빈 교실만 보인다.

명상이 가방을 메고 들어온다.

머리와 옷에 묻은 빗물을 털어낸다.

가방에서 책을 꺼내 책상 위에 차곡차곡 올려놓고 가방도 책상 옆에

건다.

그러고는 신문지 같은 것으로 머리를 가린 뒤 쌩하니 달려 나간다.

명상의 발소리가 멀어진다.

정적.

민우가 들어온다. 머리를 턴다.

민우도 가방을 내려놓고 다시 공부를 시작한다.

시현이 온다.

시현   명상이 봤어? (가방을 본다.) 어, 애 안 갔나보네? (자

기 자리에 앉는다. 기다린다. 문자를 보낸다. 답장이 없다.)
먼저 갔나? 얘, 먼저 갔나?

민우 모르겠네. 먼저 가, 그냥. 어차피 우산 없는 건 마찬
가지잖아.

시현 그럼 넌?

민우 공부하면서 비 그치는 거 기다리게.

시현 언제 그칠 줄 알고.

민우 집에 가서 하나 여기서 하나 공부하는 건 마찬가진
데 뭐.

시현 그럼 나도 게임이나 하면서 기다릴까. 여기서 하나
집에서 하나 마찬가진데. (사이) 게임은 집에 가서 해
야 편한데.

민우 엄마 눈치 봐야 하잖아.

시현 하긴. (사이. 게임을 하다가) 너도 엄마 눈치 봐? 집에
서?

민우 뭐?

시현 방금 니가 그랬잖아. 엄마 눈치 본다고.

민우 니 얘기야. 집에서 게임 하면 눈치 본다고.

시현 너도 집에선 게임 해?

민우 …….

시현 게임 하지? 게임 하는구나. 학교에서도 게임 해, 인

마. (사이) 먼저 간다.

시현, 가방을 메고 뛰어간다.

빈 교실에 민우 혼자 있다.

민우가 책을 보다가 휴대폰을 꺼낸다.

유투브 영상이 나온다.

민우가 영상에 나오는 춤을 따라 한다.

조금씩 움직여본다.

도원이 온다.

민우가 춤추는 걸 본다.

민우, 도원을 발견하고 멈춘다.

민우　　언제부터 봤어?

도원　　방금.

민우　　계속해도 돼?

도원　　그걸 왜 나한테 물어봐?

민우　　교감이잖아.

도원　　니 맘대로 해.

도원, 자기 자리에 앉는다. 창밖을 내다본다.

민우 (창밖을 본다.) 비가 그치네.

도원 해가 나네.

빛이 조금씩 늘어난다.

도원 (일어난다.) 저기. 명상이랑 시현이지?

민우 다시 오네. 집에 가는 줄 알았더니.

희정이 온다.

희정 뭐해, 니들?

민우 애들 기다려요. 저기 애들이 다시 오잖아요.

희정 정말이네. (소리친다.) 명상아! 시현아!

민우 누나.

희정 응?

민우 조용히 기다려요, 우리. 우리가 기다리는 걸 모르게
       요. 교실에 애들이 도착할 때까지.

희정 그럴까?

민우 네. 전 평소처럼 책이나 보고 있을게요.

민우, 자기 자리에 앉는다.

도원도 들어와서 자기 자리에 앉는다.

희정이 혼자 창밖을 내다보고 있다.

그때 반장이 온다.

반장   같이 가려고요.

희정   같이 기다릴래?

반장   뭘요?

희정   기다려보면 알아.

반장   네? (의아하다.) 아아.

희정   기다려줄 거지?

반장   네. 네.

희정   금방 도착할 거야.

반장   네. 여기서 기다려요?

희정   맘대로. 교실에 가 있어도 되고.

반장   네.

반장, 자기 교실로 가려다가 복도에 쭈그리고 앉는다.

반장   여기서 기다리려고요.

희정이 운동장 쪽을 본다.

햇살이 점점 교실로 들어온다.

멀리 바다가 보인다.

멀리서 갈매기 소리.

막.

작 가 노 트

희곡 「쉬는 시간」은 1교시 끝나고 쉬는 시간, 2교시 끝나고 쉬는 시간, 3교시 끝나고 쉬는 시간, 4교시 끝나고 점심시간, 5교시 끝나고 쉬는 시간, 6교시 끝나고 쉬는 시간, 7교시 끝나고 집으로 돌아가는 시간으로 장면을 구성했다.

이 희곡으로 공연을 올린다면 연극반 사정에 따라 바꿔서 공연하면 좋을 것 같다. 0교시가 시작되기 전을 한 장면 만들어도 좋고, 7교시가 끝난 뒤 방과 후 특별활동이 시작되기 전 쉬는 시간이나, 야간 자율학습 전 저녁 시간을 설정해도 무방하다. 마지막 장면이 좀 어둑한 배경에 빛이 섞여 있으면 좋겠다는 생각에 비가 오다가 개는 설정을 했는데, 야간 자율학습이 끝나고 돌아가는 밤이라면 별이 뜬 맑은 하늘이어도 좋을 것 같다.

과목을 바꿔도 재미있을 것이다. 내 경우 1교시에는 수학을 설정했는데 '기울기' 얘기를 하고 싶어서였다. 곁에 있던 사람이 영영 떠나거나 한 사람이 새로 생기면 삶은 기우뚱, 기울어진다.

2교시 중국어 수업에선 '외국'에 대한 생각을 나누고 싶었다. 국적을 기준으로 사람은 국민, 외국인, 무국적자 이런 식으로 나뉜다. 국적 말고도 우리를 나누는 기준은 많다. 이념, 민족, 성별, 계급……. 이런 것들은 만들어진 기준이기 때문에 노력하기에 따라서 경계가 흐려질 수도 있다.

3교시는 사회문화로 설정했는데 사회를 함께 이루며 살아가는 타인의 시선에 대해서 이야기 나누고 싶었다. 점심시간에는 과외 숙제로 받은 영어 문제를 채점하는 장면을 잡았다. 극중 시현은 동그라미와 빗금을 먼저 긋고 답안지를 보고 정답과 오답을 적당히 써낸다. 한국 사회가 굴러가는 원리가 보이는 것 같다. 5교시는 중고등학교 시절 매를 맞아가면서 음악을 배운 기억을 떠올려보았다. 6교시는 문학 시간을 잡았는데, 어떤 고등학생이 그냥 다 자면 좋을 것 같다고 말해줬다. 실제 공연에서 공연이 흘러가다가 다 자니까…… 정말 좋았다. 관객들과 함께 몇 분 동안 암전 상태에서 쉬거나 자는 것도 재미난 체험이 아닐지.

집으로 돌아가는 시간은 뭘 써야 할지 몰라서 많이 고민했다. 지금도 잘 모르겠다. 고잔동을 혼자 걷다가 동네 사람들이 아직 집으로 돌아오지 않은 식구들을 기다리고 있다고 느꼈

다. 나 역시 기다리는 사람들이 있다. 기다린다는 것을 내색하
지 않으려고 노력하면서.

〈쉬는 시간〉은 안산시 단원구 고잔동에 있는 안산문화예
술의전당 별무리극장에서 처음 공연되었다. 고잔이란 지명의
유래를 찾아보니 '곶안', 그러니까 곶의 안쪽이란 뜻이라고 했
다. 방조제가 만들어지기 전에는 바닷물이 고잔동까지 들어
왔다고 들었다.

바닷가 별무리극장 바깥에 앉아서 쉬다가 공연을 보고 나
오는 학생들을 보았다. 별무리 같은 학생들이 극장을 떠나 집
으로 돌아가고 있었다.

한편 같은 무대에서 지평선고등학교 학생들이 공연하였다.
출연진은 조수빈(민우 역), 김수민(시현 역), 정지우(명상 역),
공도원(전학생 역), 김민석(3학년 역), 홍석영(반장 역), 차정아
(지평선고등학교 교감, 교감 역)였다. 배역의 성별이 바뀌거나
실제 선생님까지 출연하니까 공연 느낌이 매우 색달랐다. 수
업 종이 울릴 때마다 자기 자리를 찾아가던 학생들의 날랜 움
직임이 자꾸 생각난다. 그런 것은 연기로 쫓아갈 수 있는 것
들이 아니었다.

연 출 노 트

이연주(연극 연출가)

　연극 〈쉬는 시간〉은 어느 고등학교 2학년 교실의 쉬는 시간 풍경을 그리고 있다. 1교시가 끝나고 쉬는 시간에 누군가는 자습을 하고, 누군가는 수업 시간에 풀리지 않았던 문제를 푸느라 친구에게 특별 과외를 받고 있다. 여느 날과 다름없이 10분의 시간을 보내던 교실에 전학생이 찾아온다. 누군가가 떠나고 비어 있던 자리에 또다시 누군가가 찾아오면서 아이들은 잠깐이나마 떠난 사람을 떠올리기도 한다.

　일곱 번의 수업을 하면서 그만큼의 쉬는 시간과 점심시간이 지나간다. 학생들은 교실에 머무르기도 하고, 떠나기도 한다. 옆 반의 누군가가 찾아왔다가 수업을 알리는 종이 울리면 또다시 사라지기도 한다. 학교는, 교실은 그렇게 늘 채워지기도, 비워지기도 하는 시간이자 공간이 된다.

　시간과 공간은 모든 공연에서 중요한 의미를 가지지만, 특히나 〈쉬는 시간〉에서는 주요한 요소로 드러난다. 그래서 연출 목표에 있어서 다른 공연보다 더욱 특별한 의미를 띠게 되었다.

시간

희곡에서 수업 시간은 다뤄지지 않는다. 각 장의 쉬는 시간은 수업 시간이 끝나고, 또 다른 시간을 준비하는 시간이다. 매번 다른 일이 생기거나 같은 일이 반복되는 시간이 쌓여가는 과정을 그리고자 했다. 암전 중 이뤄지는(이뤄진다고 여겨지는) 수업 시간은 음향으로 채웠다. 예를 들어, 1장의 쉬는 시간이 끝난 후에 학생들이 중국어 수업을 준비하면서 조명이 꺼진다. 그리고 암전 중 중국어 회화 녹음 방송을 들려준다. 그리고 2장이 끝난 뒤 암전 중에는 수업 시간에 갑자기 민방위 방송이 나오는 등 학교에서 방송으로 나올 수 있는 소리를 삽입했다. 그리고 수업 시간의 소리는 스피커를 통해 전달하고, 쉬는 시간 학생들의 소리나 음악은 스피커를 통하지 않도록 함으로써 수업 시간의 딱딱하고 정적인 느낌과 쉬는 시간의 생기발랄함이 구분되도록 했다.

공간

지문에는 "책상은 모두 서른 개지만, 무대에는 복도 쪽 창가에 놓여 있는 여섯 개만" 보인다고 쓰여 있다. 실제 교실에서 공연하거나 극장이 무대와 객석의 구분이 크지 않은 곳이

라면, 서른 개의 책상을 모두 배치해도 좋을 것 같다. 학생의 수를 늘리거나 일부는 객석으로 사용할 수도 있을 것이다. 희곡에서 빈자리, 빈 교실에 대한 명시가 꽤 있다. 공연 당시에 2학년 5반 학생으로 출연한 배우는 네 명이었고, 전학생 앞의 두 자리는 늘 빈자리로 두었다. 쉬는 시간에는 잠시 앉는 자리로 쓰기도 했지만, 수업 시간이 임박하면 그 자리는 비워두었다. 그래서 누군가의 부재를 표현하는 것과 함께 전학생과 다른 학생들과의 거리감을 보여주고자 했다.

쉬는 시간과 구분되는 장면은 점심시간과 하교 시간이었다. 점심시간 교실엔 학생들이 없지만, 그들의 물건으로 채워져 있다. 잠시 비어 있지만, 학생들이 존재하는(존재하던) 공간임을 표현하고자 점심시간 방송을 사용했다. 1분 이상 음악이 흐르는 빈 교실을 보면서 잠시나마 관객들도 교실에 함께 존재하는 시간이 되었다.

〈쉬는 시간〉은 학생들의 자연스러운 일상이 함께 묻어날 때 가장 빛을 발하는 공연이다. 지평선고등학교 학생들의 공연을 보면서 학생들이 무대와 한데 어우러진다는 느낌을 받았다. 그리고 그 시간을 새롭고 낯설게 들여다보는 것이 행복했다. 앞으로 〈쉬는 시간〉을 공연하는 사람들에게도 그런 시간이 되길 바란다.

무 대 노 트

박상봉(무대 디자이너)

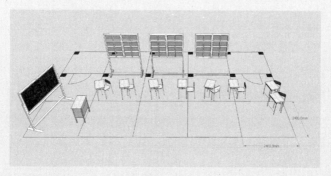

<쉬는 시간>의 무대는 교실과 복도라는 한정된 공간에서 이루어진다. 이 극 역시 간단한 공간 구획을 통해 극에 필요한 구역을 설정한다면 큰 비용 부담 없이 장소를 표현할 수 있다.

우선 무대 바닥에 마킹 테이프를 이용해 일정한 크기의 그리드를 그린다. 기둥의 위치를 정해 표시한 다음 창문틀과 문을 제작해 교실과 복도를 구분한다. 제작이 여의치 않다면 마킹 테이프로 표시해도 된다. 표시를 할 때 건축에서 쓰이는 다양한 도면 기호들을 사용하면 효과적이다.

이 극은 창문을 사이에 두고 교실과 복도를 경계로 이야기가 펼쳐진다. 그러므로 교실 안과 교실 밖이라는 구분을 잘 드러내준다면 큰 어려움은 없을 것이다.

창문틀 제작 방법

3*3 각재로 창문틀을 만든 다음 3*7 각재로 틀과 다리, 지지대를 만든다. 유리 면은 아크릴 판을 이용해 고유의 질감을 나타낸다. 만약 질감을 표현하기 어렵다면 비워 둬도 좋다. 책상과 의자, 교탁, 칠판 등은 학교에서 실제로 사용하는 것들을 가져다 쓰면 된다. 그 밖의 청소 도구나 사물함 같은 학교 비품을 적극적으로 이용해서 학교라는 특수한 공간의 디테일을 최대한 살리면 좋다.

3분 47초

한현주

등장인물	진수	고1
	수열	38세, 전직 수학 교사
	가은	고1
	유진	22세, 대학 휴학 중

무대	허름한 피시방. 벽에는 게임 포스터들이 덕지덕지 붙어 있다. 쭉 늘어서 있는 책상들, 그 책상들을 한 눈에 내다볼 수 있는 곳에 위치한 카운터 테이블, 그리고 그 옆에는 커다란 고무나무 화분이 하나. '개업 축하'라고 쓰인 띠가 색이 바랜 채로 나무에 묶여 있다. 그리고 한쪽 구석에 낡은 인조가죽 소파가 덩그러니 놓여 있다.

일러두기	이 극에서 과거 장면은 재연을 목표로 하지 않는다.

프롤로그

모든 인물이 관객을 향해 서 있거나 앉아 있다.

수열 그러니까…… 그 일에 대해서…… 말해보라는 거
군요.

유진 그러니까…… 그 사건 말이죠?

가은 저는…… 잘 몰라요.

수열 얘기하고 말고 할 게 뭐 있어요? 주먹 좀 쓴다 하
는 놈들이 한 녀석을 죽어라 팬 거죠. 당연히 비윤
리적인 행위죠. 제가 볼 때 이 사건은,

유진 특별할 것도 없죠. 어느 학교에나 일진은 있고, 그
런 애들은 동네를 휘젓고 다니면서 힘자랑하기 마
련이죠. 마음에 드는 애들은 철저히 자기 밑에 두
려고 패고, 거슬리는 애들은 청소 차원에서 패고.
뭐 그런 거죠. 어느 쪽이든 공포는 효과적이니까
요.

진수, 고개를 든다.

조명이 자신을 비추자 다시 고개를 숙인다.

수열　혐오스럽습니다. 너무 과한 표현이긴 하지만 솔직한 제 마음입니다. 이따금 악의 근원에 대해서 생각하기도 하죠. 그러니까⋯⋯ (더 설명하려고 하지만 잘 되지 않자) 너무 철학적인가요? 아이들을 가르치는 입장에선 마냥 지켜볼 수만은 없거든요. 수학을 가르치고 있습니다. 아니, 가르쳤습니다. 예, 뭐⋯⋯ 그 녀석도 가르쳤다고 볼 수 있지요, 걔 반에서도 수업을 하긴 했으니까요. 인상을 찌푸리시는군요. 공교육의 현실을 모르시니 그런 표정도 지을 수 있는 거죠, 뭐.

유진　전 아버지 피시방에서 알바하고 있어요. 휴학 중이에요. 등록금 벌려고 하는 건 아니구요. 복학 안 할 거거든요. 영화과요. 영화 안 가르치는 영화과. 아니, 영화 연출을 가르치는 거 자체가 불가능하다는 걸 가르쳐주는 영화과.

가은　그게⋯⋯ 학교에서 인터뷰 같은 거 하지 말라고 했거든요.

수열　물론 선생들도 지침을 받았습니다. 하지만 저는⋯⋯ 어쨌든 피해자 아이의 담임으로서⋯⋯ 네, 그 아이가 저희 반 앱니다. 때문에 윤리적 책임

을 통감하고 있습니다. 그 사건으로 인해서 뭐 저
도…… 이 정도로 하죠.

진수, 고개를 든다.

K1

저녁, 피시방.

수열, 휴대폰으로 어디론가 전화를 건다.

상대방이 받지 않자 인상을 쓰며 다시 건다.

사이

전화를 끊는다.

플라스틱 생수병을 찌그러트린다.

수열   저는 명쾌한 게 좋습니다. 의미 분석, 해석 뭐 그
         딴 거 딱 질색이지요. 답이 나오면 되는 거 아닙니
         까. 다시 한 번 말하지만,

아이돌의 노래와 게임 음향 등 피시방의 각종 소음이 커져 수열의
말을 끊는다.

수열   다시 말하지만, 그 사건은 분명히 종결됐습니다.
         어떤 의미에선 아니라고 하는 사람들…… 아무 데

나 의미 좀 갖다 붙이지 마십시오. 다만······ 저는
아직 일상으로 복귀하지 못했습니다.

게임에 몰입하고 있는 아이들의 각종 감탄사("예스!", "씨바!", "아 – 미
친 새끼!" 등).

수열 (인상을 찌푸렸다가 애써 아닌 척하며) 뭐, 곧 해결될
겁니다. 문제는 풀라고 있는 거니까요. 오랜만에
이런 데도 와보고. 언제 또 이런 여유를 가져보겠
습니까. 하하.

수열, 가방에서 새 생수병을 꺼낸다.
피시방의 헤드폰을 쓰려다가 찝찝한지 손 세정제를 꺼내 뿌린 후 티
슈로 닦고 나서야 쓴다.
컴퓨터 화면에 열중한다.
뭘 보는지 연신 키득거린다.
근처에 앉은 진수가 그런 수열을 흘끔거리며 어이없어 한다.
유진은 카운터에서 이따금 둘을 번갈아 본다.

사이

세 사람, 동시에 코를 킁킁거리다가 냄새의 진원지로 추정되는 곳을 쳐다보며 인상을 찌푸린다.

진수는 이내 신경을 끄고 컴퓨터 화면만 본다.

유진	*끄자* ─.
수열	*끄*라잖아.
유진	(살짝 주눅 든 목소리로) *끄*, 끕시다.
수열	에이, 진짜.
진수	그냥 보시던 거나 쭉 보세요.
수열	뭐? 나보고 한 소리야?
진수	지금 이 시간에, 여기서 '무한도전' 보면서 키득거릴 사람이 또 있지는 않을걸요. 아마도.
유진	(냄새의 진원지를 향해) 다 알면서 이러면 곤란하죠. 옥상에 가서 펴요.
수열	(벌떡 일어서며) 아, 이 새끼들. 나가서 피라잖아. 말 안 듣냐? 뭐! 쳐다보면 어쩔 건데.
진수	(수열의 말을 예상한 듯) 도대체 세상이 어떻게…….
수열	도대체 세상이 어떻게……. 우아, 내 참.

수열, 겁먹은 듯 눈을 굴리며 뒷걸음질한다.

유진   진수야, 어떻게 좀 해봐.

진수   누나, 나 '짜장범벅'.

유진   야.

수열   아, 이놈들. 어른 말을 못 알아들으면 쓰나. 뭐?
       야! 이 새끼들!

진수, 수열   내가 누군지…….

수열, 한 대 맞고 쓰러진다.

진수   쯧쯧.

유진   나, 신고한다.

진수   아 씨, 이번 판 깰 뻔했는데.

진수, 일어나 두리번거리다가 무대 한쪽 구석으로 간다.

유진   뭐 찾아? 뭔데? 아, 차단기!

갑자기 무대가 깜깜해진다.

유진   머리 좀 굴리시는데.

유진, 호루라기를 꺼내 분다.

수열, 도망치듯 나간다.

진수, 이를 본다.

사이

진수　　누나, 불! 애들 다 나갔어.

유진　　그 아저씨는?

진수　　(컴퓨터를 보며) 아, 빨리!

유진, 차단기를 올리고 둘러본다.

유진　　밖에서 다구리 당하고 있는 거 아냐?

진수　　제일 먼저 튀었어.

유진　　(웃으며) 그래?

진수　　나, 시간 더 줘야 해. (답답한 듯 컴퓨터를 툭툭 치며) 부팅 시간까지 더.

유진　　알았어.

진수　　아 씨, 숨넘어가겠네. 사장님보고 제발 컴 좀 바꾸라고 해.

유진　　우리 아빠가? 행여나. 그 돈 있으면 알바를 쓰겠지.

진수   아까 그 인간 여기 단골이야?

유진   어. 한 2주 됐나?

진수   간만에 왔더니 물이 더 갔네.

유진   완전 인간적이지 않냐?

진수   헉.

유진   왜 좀 지질한 게 큐티하잖아.

진수   나이가 몇인데!

유진   몇 살인데? 아는 사람이야?

진수   딱 보면 몰라? 꼰대잖아, 것도 개꼰대.

유진   이 엄혹한 자영업난의 시대에, 도처에 즐비한 새
         삥 피시방을 다 놔두고 이…… (둘러보며) 이…
         런… 곳의 죽돌이가 되어주신 분이다.

진수   라면 안 줘?

유진   네, 손님.

수열이 쭈뼛거리며 들어온다.

진수   (수열을 보며) 아직 쪽이 덜 팔린 거지.

유진   괜찮으세요? 어머, 어떡해. 벌써 얼굴이 살짝 부어
         올랐어요.

수열   이거 죄송하게 됐습니다.

수열, 자신의 자리로 가서 생수를 들이켜고는 가방을 챙긴다.

유진   아니에요. 제가 죄송하죠. 애들 잘 타일러서 보냈
            어야 하는 건데.

수열   요즘 애들이 그래요. 힘들죠. 힘들어요. 제가
            요……. (손사래를 치며) 아휴, 말 마세요. 잘 알아
            요, 제가. 저런 애들…… 제가요…….

가은이 들어온다.

수열을 보고 놀란다.

가은   선생님!

진수   (가은을 보고는 고개를 숙이며) 아, 진짜.

가은   선생님, 오랜만이에요. 잘 지내시…… 아니, 왜 이
            렇게 마르셨어요? 여긴 또 왜…….

수열   어? 어, 그래그래. 너 이름이 뭐더라.

가은   가은이요.

수열   어, 윤가은! 알지, 내가. 너 3반이잖아. 수학 잘 하
            는 애들은 내가 다 기억을 하거든.

가은   (진수를 가리키며) 그럼 쟤두요?

진수   에이 씨.

진수, 수열의 생수병을 들고 들이켜다가 기침하며 수열을 본다.
수열, 생각이 잘 나지 않는다는 듯 딴청을 피운다.

유진   (가은에게 나직이) 학원 쌤이야?

가은   아뇨.

유진   설마 너희 학교 쌤? 근데 왜 오랜만이야?

가은   관두셨어요.

유진   아.

진수, 씨익 웃으며 생수병에 든 내용물을 보란 듯이 들이켠다.

진수   카ー. 요즘 피시방은 담배 대신 이슬이 풀렸나봐?
             발상 신선하네?

수열, 생수병을 빼앗으며 멋쩍어한다.
유진이 다시 빼앗는다.
무슨 말인지 눈치챈 가은이 다시 병을 빼앗아 킁킁거리며 냄새를 맡는다.

병 안에 든 소주를 얼떨결에 화분에 콸콸 쏟아붓는다.

유진   야!

가은   언니, 미안해요. 저도 모르게 그만.

진수   괜찮아. 꿋꿋하게 살아왔는데 뭐. 누나도 식은 콜
라 막 버리고 그랬잖아요. 저 띠나 좀 떼요. 나중
에 진짜 망하면 내가 '폐업 축하'라고 써줄게요.

유진   야. 이게 어떤 화분인데. 전임 사장이 기증한 거야.
그분께서는 가혹한 IMF시대를 뚫고 나갈 새로운
산업, 즉 인터넷 벤처 분야의 한 축인 피시방을 개
업함으로써……

진수   (헤드폰을 쓰며) 뭐래.

수열   너희가 뭘 아냐. (유진에게) 내가 알지. 내가 그때
대학 다니면서 한창 연애하고 있었는데. CC. 근데
그 IMF가 터지는 바람에 집에서 군대 가라 그래서
하는 수 없이 내가,

가은   (공부한 걸 되새기듯) 구제 금융으로 국가 부도의
위기에서 간신히 벗어났지만 실업자들이 대량으
로 발생. (마음에 들지 않는다는 듯) 그들은 결국 퇴
직금을 쏟아부어 생계형 자영업에 뛰어듦. 그중
하나인 피시방은 인터넷 보급으로 금방 사양 업종

이 됨. 그때부터 자영업자들의 고통은 더 심각해

짐. 망하거나 빚지거나 쫓겨나거나……. 이런 건

책에 안 나오지만…….

유진   역시! (진수를 가리키며) 가은이 네가 뭐가 아쉬워

서 쟤를…….

진수   (유진의 말을 들기라도 한 듯 헤드폰 한쪽을 귀에서 떼

며) 혹시 누나 아빠 피시방 인수받고 나서 컴 한

번도 안 간 거 아냐?

유진   야! (소리 줄여) 한 번 갈고, 두 번 업뎃.

진수   뭐? 그동안 바뀐 컴 사양이 얼만데. 와, 엄지 척.

유진   그나마 여긴 2층이잖아. 담배 냄새 쩌는 지하보다

는 낫지.

진수   제대로 짱 박혀 있는 느낌은 지하가 낫지.

진수, 제대로 헤드폰을 쓰고 게임에 열중한다.

수열   (진수를 가리키며) 너…….

가은   생각나셨어요?

수열   어……. (피식거리며) 별명이 생각났다…… 풋.

가은   쌤…….

유진   뭔데요?

수열   (손가락 열 개를 펼쳐 보이며) 이거.

유진   열? 십? 십진수? 아, 씹진수?

가은   언니!

가은의 큰 소리에 놀라 진수가 돌아본다.

유진   알았어. 열진수, 라면이나 땡기자.

유진과 수열이 웃는다.

진수, 영문을 몰라 쳐다보기만 한다.

유진   '열라면'으로 할까? 크크. 선생님도 해장하시죠.

수열   난 '김치면' 작은 거. 면발이 얇은 게 좋거든.

유진   오, 저랑 취향이 같은데요?

진수, 그제야 눈치를 채고 유진과 수열을 노려본다.

유진   (진수와 수열의 팔짱을 끼며) 에이, 내가 쏜다니까.

가은, 진수의 팔에서 유진의 팔을 풀어낸다.

그러고는 진수를 무대 한쪽으로 데리고 간다.

가은	그거 먹을 바에야 너네 엄마 가게 가서 라면 먹자.
진수	뭐?
가은	……너, 이러고 있을 때가 아냐. 나 지금 거기 갔다 오는 길이야. 무서워서 가게에 들어가지도 못했어.
진수	건물 주인이 또 행패 부리고 있디?
가은	알고 있었어? 월세 못 올리겠으면 가게 빼라는 거지?
진수	씨발, 장사 좀 되니까 눈꼴시어 못 봐주는 거지.
가은	너네 엄마 김밥이 진짜 맛있긴 해. 싸고.
진수	개새끼.
가은	그 주인아저씨 말고 사람들이 더 있어.
진수	뭐?
가은	가게 밖에…… 용역들이……. 주인이 돈 주고 불렀나봐……. 개새끼. (진수가 놀라자) 아니야?

진수, 피식 웃으며 나가려 한다.

가은	(진수의 팔을 잡으며) 근데…… 그 용역인지 깡패인지 하는 사람들 사이에 그 애가 있어.

진수	누구?
가은	……K.

사이

모두 정지한다.

무대에 영상이 상영된다.

K와 몇몇 아이들이 한 아이를 때리는 장면의 일부다.

(영상에서 아이들의 얼굴이 드러날 필요는 없다.)

영상 속에서 들리는 호루라기 소리.

수열	경찰이 도착하기 전에 아이들은 모두 흩어졌습니다. 몇몇 구경꾼들한테나 회자될 사건으로 묻히게 될 거였죠. 게다가 한 보름 있으면 여름방학이었습니다.
가은	그런데 누군가가 옥상 위의 상황을 휴대폰으로 찍었고, 그 3분짜리 영상을 뒤늦게 인터넷에 올렸습니다.
수열	난리가 났습니다.
유진	경찰이 수사에 나섰습니다.
가은	기자들이 움직이자 학교도 분주해졌습니다.

진수　　K는 그렇게 우리 모두를 움직였습니다. K는…….

가은　　K는.

유진　　K는.

수열　　K는 내게, 잃어버린 약속입니다.

무대 한쪽 소파가 놓인 곳이 교장실이 된다.

수열　　그날. 내가 교장실의 문을 열자 K의 부모님이 자리에서 일어납니다. 그들이 나간 문으로 내가 들어갑니다.

수열, 꾸벅 인사하고 소파에 앉는다.

대각선 맞은편에 교장이 있다고 가정한다.

수열　　난 K의 부모님이 앉았던 자리에 앉기가 싫습니다. 아니요. 가해 학생의 부모가 앉았던 자리라서가 아니라, 날도 본격적으로 더워지고 있으니 소파에 뜨뜻미지근한 온기가 배어 있을 거 같아서요. 맞은편 소파에 눈이 갑니다. 이어 교장에게 눈이 갑니다. 왠지 K의 부모님이 앉았던 그 자리에 그냥 앉아야 할 것만 같습니다. 주춤거리며 엉덩

이를 내려놓는 순간 테이블 위에 놓인 두툼한 봉
투가 눈에 들어옵니다. 아주 노골적으로 놓여 있
습니다. 이상합니다. 왜 교장은 저걸 숨기지 않은
걸까, 치울 시간이 분명히 있었는데. 교장은 좀처
럼 입을 열지 않습니다. 잠시 어색한 침묵이 흐릅
니다. 나는 그의 속내를 읽느라 연신 머리를 굴립
니다. 드디어 그가 입을 뗍니다. 박수열 선생님. 박
선생이 아니라, 박수열 선생님. 의미심장한 그 한
마디.

유진, 노래를 흥얼거린다.

유진   "너의 그 한 마디 말도 그 웃음도 나에겐 커다란
의미. 너의 그 작은 눈빛도 쓸쓸한 뒷모습도 나에
겐 힘겨운 약속—."

수열   "딱 두 달만 쉬시지요." 교장의 제안입니다. 조용
해지려면 누군가는 책임을 지는 모양새를 취해야
하니까요. K의 담임은 내 대학 선배입니다. 교장은
그 선배의 대선배입니다. 그러니…… 교장은 바로
다음 학기부터 나를 재단의 다른 학교로 발령내주
겠다고 합니다. 공식적으로는 퇴직. 그게 마음에

좀 걸리긴 하지만 다시 머리가 굴러가기 시작합니다. 발령받을 학교가 있는 신도시가 무엇보다 마음에 듭니다. 나는 결혼을 앞두고 있고, 아내가 될 사람의 직장이 그곳에 있고, 그 동네 집값이 몇 푼이라도 더 싸고, 하지만 그 동네에 집을 얻게 되면 나는 출퇴근할 일이 막막하고. 그런데 이 모든 게 한 방에 해결되는 겁니다. (사이) 나는 책임을 통감하는 비통한 얼굴로 말합니다. "네, 알겠습니다." 그리고 여전히 테이블 위에 놓여 있는 돈 봉투를 쳐다봅니다. 혹시 저것도 나한테 오는 건가, 하는 생각이 잠시 스칩니다. 반반? 아니, 3 대 1?

컴퓨터 돌아가는 소리가 커지며 무대는 다시 피시방이 된다.
수열이 또 어디론가 전화를 걸지만 연결되지 않는다.

유진   아까부터 누가 그렇게 전화를 안 받아요?
수열   있어요, 어떤 영감탱이…….

수열, 창밖을 유심히 내려다본다.
유진, 다가가 함께 본다.

유진　　　누가 저기 살아요?

수열　　　빌라가 저렇게 낡았는데, 안 무너지나. 와르르!

유진　　　저거 재건축 들어간대요.

수열　　　그래요?

가은, 계속 진수의 곁을 맴돈다.

가은의 휴대폰이 울린다.

가은　　　(전화기에 대고 짜증을 내며) 집에 가는 중이라구!

　　　　　(이내 풀이 죽어) 엄마, 미안해. 응. 알았어.

진수　　　안 가?

가은　　　너는? 갈 거야? 가지 마. 아냐, 가. 가게 말고 집에.

진수, 가방을 메고 일어선다.

가은　　　(버럭) 어디로 갈 건데!

나가려던 진수, 가은의 소리에 깜짝 놀라 수열과 부딪힌다.

진수와 수열 사이에 긴장이 흐른다.

진수, 나간다.

K2

어둠 속의 거리.

진수가 들어온다.

이어 수열이 들어와 진수와 멀지 않은 곳에 선다.

그냥 갈까 망설이다가 진수를 살핀다.

진수, 객석 한쪽을 응시한다.

수열, 진수가 보는 곳을 본다.

진수　　　김밥은 왜 또 말고 앉았어? 가게 주변 분위기 험
　　　　　　악한 거 보고 왔던 손님도 쭈뼛거리다가 다 가는
　　　　　　구만.

진수, 휴대폰을 꺼내 전화를 건다.

진수　　　엄마, 정말 가게에서 밤 새울 거야? 안 무서워?
　　　　　　그 인간들 오늘 밤에 달려들지는 않을 거 같아.
　　　　　　딱 보면 알지. 아니, 그 정도는 짐작이 가지. 나?
　　　　　　나…… 집에 가는 길이지. 알았어. 가게 안 가. 안
　　　　　　가, 안 가. 내가 김밥 냄새 얼마나 싫어하는지 알

면서……. 문 잘 잠그고 있어. 어.

진수, 전화를 끊고 고개를 틀어 다른 곳을 본다.

수열도 그곳을 본다.

수열, 대상을 확인한 듯 인상을 찌푸리며 한숨 쉰다.

수열   뭐야, K 아냐? 용역 깡패라……. 저 새끼 저거, 딱
        맞는 직종을 찾았구만.

수열, 진수와 K가 있는 쪽을 번갈아 본다.

사이

수열   지금 이 상황은 도대체 뭔가요? 이것들이 이 와중
        에 눈싸움을 하는 건가요? 잘 납득이 되질 않는데
        요. 한 놈은 일진, 한 놈은 딴 거는 못해도 수학만
        좀 하는 인간. 감히 수학만 겨우 좀 하는 인간이
        일진한테 눈을 부라리네요? 이거 이거 좀처럼 있
        을 수 없는 일 아닌가요? 혹시 둘이 친했다가 하
        나가 배신하고 뭐 그런 사이? 에이, 말이 되지 않
        습니다. (진수가 보는 곳을 노려보다가) 혹시…… 저

새끼한테 맞은 애랑 얘가 친했던 걸까요? (진수를 보며) 어쭈, 한 대 치기라도 할 거 같은 얼굴인데요? 그러고 보니 이 녀석, 싸움 좀 하게 생긴 것도 같습니다. (뭔가 생각난 듯) 아, 그러고 보니 이 녀석 이거 중딩 때 주먹 좀 쓰던 애였다고 들은 것도 같습니다. 네, 맞아요. 쟤 담임이 그런 증언을 했었, 었던 것 같네요. (진수가 주먹을 움켜쥐자 지레 움찔하며) 아, 말씀드리는 순간, 달려드나요? 참나요? 달려드나요? 제가, 막아야 하나요? 모른 척해야 하나요?

진수, 기억을 떠올린다.

진수 맞아요. 저 힘자랑했었습니다. 하지만 저는 지금 저쪽을 향해 달려들지 못합니다, 절대로. K가 있어서가 아닙니다. (스스로를 비웃으며) 저 덩치들에게 제가 달려든 적이 있습니다. 맞을 줄 알았습니다. 예상대로 많이 맞았습니다. 엄마와 가은이가 보는 앞에서. 윽, 윽.

조명이 여러 사람의 발길질을 묘사한다.

진수, 최대한 몸을 웅크려 이리저리 조명을 피하지만 역부족이다.

진수 (안 아픈 척하며) 그때까지는 괜찮았습니다. 정말 괜찮았습니다. 근데 갑자기 그 인간들이 내 몸에서 손과 발을 뗐습니다. 엄마가 울부짖으면서 말려도 아랑곳 않고 때리던 새끼들이, 딱 한 사람 소리에 동작을 일제히 멈춘 겁니다. 그 사람은,

차가 멈추는 소리. 이어 차문이 열리고 닫히는 소리.

진수 어! 저 사람입니다. 그때 그 인간이 지금 여기에 나타났습니다.

진수, 망설이다가 어둠 속 누군가를 향해 다가간다.

진수 저기요. 아저씨가 이 건물 주인 맞으시죠? 한잔하셨나 봐요. 저요? 보시다시피 학생이죠. 예? 에이, 저 같은 얼굴 흔하죠. (객석을 향해) 나는 그날 이후로 누구에게도 힘자랑하지 않겠다고 결심했습니다. 더 큰 힘을 키우기 전에는 절대……. 근데, 근데 지금 그 인간이 내 앞에 있습니다. 술에 취

해 비틀거리면서. 약해 보입니다. (어둠을 향해) 지나다닐 때마다 궁금했거든요. 이런 건물은 얼마나 할까, 이런 건물 주인은 얼마나 좋을까. 아…… 아저씨 아버지가 주인이고, 아저씨는 그냥 관리만 하시는구나. 원래 하시는 일은 뭔데요? 아…… 그냥 노시는구나. 죄송해요. 노는 게 아니라 직업이 월세 받으러 다니는 건물 관리인? 저기 벤츠, 저거 아저씨 거죠? 멋지다. 차 가지러 오셨나 봐요. 아, 대리기사 기다리는 중이시구나. (객석을 향해) 지금은 저자가 가진 힘보다 내가 가진 힘이 훨씬 더 커 보입니다. 한 방이면 될 겁니다. (어둠을 향해 싸늘하게 웃으며) 네? 그게 이제야 궁금해지셨어요? 그러게요. 아저씨가 이 건물하고 관계가 있는 걸 제가 어떻게 알았을까요?

진수, 주먹을 움켜쥔다. 한 발짝 내딛는다.
이를 지켜보던 수열이 어둠 속에서 목소리를 바꿔 "대리 부르셨습니까?"라고 한다.
진수, 씩씩거린다.
무대를 마구 뛰어다니다가 나간다.
어둠 속에서 와장창 뭔가가 깨지는 소리가 들린다.

L

다음 날 오후.

유진의 피시방.

피시방이 엉망이 되어 있다.

유진, 테이블을 정돈하고 깨진 물건들을 쓸어 담는다.

진수, 들어온다.

진수   뭐야?

유진   아직 영업 안 해요.

진수   누나.

유진   어? 이 시간에 웬일이야?

진수   오늘 체험학습이라 일찍 끝났어요. 근데 여기 왜
        이래요?

유진   어젯밤에 웬 중삐리들이…… 말도 마. 아, 이 찐따
        새끼들이 여기서 현피를 뜬 거 있지?

진수   엥? 피시방에서 현피를?

유진   내 말이. 리얼한 동네 공터 다 놔두고. 야, 적어도
        피시방은 판타지와 현실 세계의 중간쯤 되는 거
        아니냐? 이어주는 다리잖아. 다리가 없으면 지들

이 어디 판타지 세계로 넘어갈 수가 있어? 안 그
래?

진수　　음…… 뭐……. 누나 혼자 있었어요?

유진　　아빠가 금방 왔어.

진수　　좀 도와드려요?

유진　　(소파를 가리키며) 이거 좀. 저쪽으로 옮기게.

진수　　네.

두 사람, 소파를 반대쪽 구석으로 옮긴다.

진수　　근데 이건 왜요?

유진　　영업 방향 급선회. 시간당 400원짜리 자리야. 저
　　　　쪽 테이블들은 아예 컴퓨터도 치울 거고. 찜질방
　　　　갈 돈도 없는 사람들을 위한 서비스! 요즘 피시방
　　　　에서 잠깐 눈 붙이고 일 나가는 사람들 꽤 된대.
　　　　새로운 영업 트렌드란다.

진수　　에이, 여기가 언제부터 트렌드 생각했다고.

유진　　이건 돈이 안 드는 거잖냐. 우리 사장님의 지침이
　　　　시다.

진수　　너무하네. 정체성을 지켜야지.

유진　　오―.

가은이 들어온다.

가은　(밖을 향해) 선생님, 여기요!

뒤이어 수열이 쭈뼛거리며 들어온다.
그는 사물함을 들고 있다.

수열　(괜히 민망한지) 요 앞에서 만났어. 얘가 이거 들고
　　　가다가 넘어져가지고.

진수　(가은에게) 괜찮아?

가은　조금 긁혔어. (수열에게) 선생님, 저쪽에 일단 내려
　　　놔주세요.

수열　어…….

유진　사물함을 왜?

진수　네 거야?

유진　아니.

진수, 이름을 확인하기 위해 사물함을 돌려놓는다.

유진　L?

사이

수열	이걸 왜…….
유진	L이 누군데?
진수	왜 들고 왔냐고 묻잖아.
가은	오늘 2반 담임이 대청소를 시키더라구. (수열에게) 선생님 그만두신 뒤에 여자 선생님으로 바뀌었는데, 조금이라도 더러운 거 진짜 못 참거든요. (진수에게) 민지가 2반이잖아. 오늘 같이 영화 보러 가기로 해서 기다렸지. 근데 애들이 투덜대면서 청소를 하다가 갑자기 조용해졌어. 반장이 선생님까지 불러오구. 보니까 이 사물함 때문이었어. 주인이 전학을 갔으니까.
유진	그럼 다른 사람이 쓰면 되잖아.
가은	우리 학교는 이거 돈 주고 사거든요. 학년 올라갈 때도 가지고 가구요. 주인이 있는 거죠. 선생님이 연락해서 가져가라고 했는데, 그 애가 필요 없다고 했대요. 찾으러 오고 싶지 않았겠죠. 올 수도 없는 처지고. 아직 병원에 있대요. 언니도 알죠? 봄에 있었던 우리 학교 사건. 그 애…… 거예요.

유진	……그래?
가은	수위 아저씨가 분리수거 하려는 거, 제가 들고 왔어요.
수열	그러니까, 왜?
가은	그냥요. 왠지 그래야 할 거 같아서…….

모두 사물함을 내려다본다.

사이

진수	저는 알고 있었는지도 모릅니다. 이런 식으로 어느 날 느닷없이 그 녀석과 또 대면하게 될 줄, 저는 알고 있었는지도 모릅니다.

진수, 무대를 천천히 거닐기 시작한다.
조명의 변화로 무대가 화사해진다.

진수	그날. 봄바람이 살랑살랑 부는데, 기분이 참 이상합니다. 엄마가 좀 도와달라고 해서 가게로 가는 중…… 자꾸 딴 데로 새고 싶은 생각이 드는 중…… 쩝. 저 앞 목련나무가 눈에 들어옵니다. 하

안 꽃망울을 보면서 걷습니다. 그런데 그게……
정말 순식간입니다. 눈앞에서 꽃망울이 툭 벌어
집니다. 벌어져 있는 걸 보긴 했어도, 벌어지는 걸
보는 건 처음입니다. 뭔가 특별한 걸 혼자만 본 거
같아 으쓱. 나만 본 거 맞지? 확인하려고 뒤늦게
주변을 둘러봅니다.

가까워지는 발소리.

진수 그때 목련나무를 끼고 골목에서 누군가 나옵니
다. 아는 얼굴입니다. 하지만 아는 체를 하고 싶
지 않습니다. 상대도 마찬가지일 거라고 생각합니
다. 둘 다 가던 길을 가면 됩니다. 그런데 순간 여
러 장면이 머릿속을 스치고 지나갑니다. 중학교 3
학년, 뭐든 아작 내버리고 싶던 때가 있었습니다.
그렇다고 뭐든 건드릴 수는 없다는 걸 본능적으로
알고는 있었습니다. 만만한 게 저 아이, L이었습니
다. 때렸고, 빼앗았고, 또 때렸고 또 빼앗았습니다.
나는 그런 인간이었습니다.

진수, 갑자기 쓰러져 발길질을 피한다.

조명이 여럿의 발길질을 묘사한다.

진수 그런 내가 엄마 가게에서 덩치들한테 열심히 맞은 겁니다. 그보다 발길질을 순식간에 멈추게 한, 건물 주인 아들의 힘을 온몸으로 느낀 겁니다. 순간 나는 주먹을 쓰지 않겠다고 결심했습니다. 그때부터 그 아이, L을 피해 다녔습니다. 나도 모르게 시도 때도 없이 불쑥불쑥 쥐어지던 주먹도 시간이 좀 지나자 조금씩 펴졌습니다. 그런데 고딩이 되어서 여름방학을 앞두고 길에서 마주친 겁니다. 네. 둘 다 가던 길을 가면 그만입니다. 갑니다. 눈을 감고 갑니다. 가다가, 도저히 안 되겠다 싶습니다. 그 아이를, 그 과거를 피하기 위해 돌아서서 걷습니다. 그런데…… "진수야……." 녀석이 뛰어옵니다. 그러고는……. 주머니에서 주섬주섬 돈을 꺼냅니다. 습관은 무서운 법입니다. 다 내가 초래한 일인데, 나도 모르게 주먹이 쥐어집니다. 잘 펴지지가 않습니다. 펴, 펴라고! 주먹에서 힘을 빼기 위해 발가락에 힘을 줍니다. 그때 떨어진 목련 꽃잎 하나가 운동화 밑에서 짓이겨집니다. 누가 내다 버린 오수가 흘러와 바닥이 질척거립니다. 짓

이겨진 꽃잎의 진물이 운동화에 스며드는 것만 같
습니다. 나는 고개를 푹 숙이고 씩씩대며 걷습니
다. 뜁니다. (숨을 몰아쉬며) 골목을 벗어나고 나서
야 운동화를 확인합니다. 꽃잎의 흔적은 이미 지
워지고 없습니다. 하지만 나는 계속 운동화 바닥
을 땅에 대고 문질러댑니다.

사이

피시방의 소음이 커지며 현재가 된다.
게임 속 비장한 싸움의 효과음이 증폭된다.
픽, 탁, 휙(칼이 바람을 가르는 소리), 두두두두.

사이

진수, 눈을 부라리며 수열을 향해 걸어간다.
수열, 긴장한다.
진수, 사물함을 마구 발로 찬다.

가은   너 미쳤어?

유진   왜 그래?

진수 (계속 사물함을 차며) 병신 새끼!

가은 야!

진수 (사물함을 가리키며 수열에게) 이 병신 새끼를 위해 아주 대단한 일을 하셨던데요?

수열 내 덕에 우리나라 최고 병원 특실에서 최상급 진료를 받고 있지. 심리 치료도 받고 있을걸?

진수 허!

수열 솔직히 난 그 애 부모가 더 바보 같았어. 어차피 K의 부모는 돈으로 해결하기로 작정을 했는데, 너무 쉽게 합의를 결정해버렸으니까. 내가 찾아갔지. 아들이 저렇게 다쳤는데, 겨우 그거 받고 떨어질 거냐.

진수 씨발, 완전 브로커 아냐. 수수료는 얼마나 받아처먹었는데, 어? 쪽팔리지도 않나 보지?

수열, 싸늘한 웃음.

사이

가은 선생님, 저 궁금했던 게 있어요. 그날…… L은 왜 뛰어내린 거예요? 경찰이 오고 있었고, 애들은 다

도망을 가고 있었는데…….

유진 왜 L은 그 옥상에서 뛰어내린 거죠? 저도 궁금했
      어요.

수열 진수 네 생각은 어때?

진수 …….

수열 (웃으며) 맞는 거보다 그 뒤가 더 무서웠겠지. 경찰
      을 따라가서 진술을 해야 하고, 다시 K와 대면해
      야 하고, 그나마 사건이 종결된다고 해도……. (진
      수를 보며) 나도 얼른 가야겠다…….

수열, 나간다.

K와 L

조명이 유진의 카운터 테이블만 비춘다.

엄밀히 말하자면 컴퓨터의 불빛이다.

유진, 키보드를 두드리며 뭔가를 쓰고 있다.

유진   personal computer bang. 좀 웃기지 않습니까? 피시룸도 아니고 피시방. 그전부터 유행하던 노래방 때문에 붙여진 이름일 겁니다. 방 같지 않은 이 방에는 색이 없습니다. 검은 테이블들 위 검은 컴퓨터들. 오직 저 사람들이 바라보는 컴퓨터 속 방들에만 여러 가지 색이 있을 뿐이죠. 방 속의 방들. 그곳에 사람들이 무기력하게, 때로는 불안하게 머무릅니다. 그 무기력과 불안의 색깔은 각기 다릅니다.

조명이 수열을 비춘다.

헤드폰을 끼고는 거만한 눈빛으로 컴퓨터 모니터를 쳐다본다.

유진   (자신의 모니터를 보며) 어. 전직 수학 선생이 수학

인강을 보고 있습니다.

유진, 무대를 돌아다니며 수열과 진수의 상태를 관객에게 전한다.

유진 인기 짱인 강사를 자꾸 비웃고 계시는데, 재밌으면 그냥 웃으셔도 됩니다. 자꾸 딴청 피우시는데, 자꾸 몰입되면 그냥 끝까지 쭈욱 보셔도 됩니다. 헐. 댓글까지 다시는군요. 강의 열라 허접?

수열을 비추던 조명이 이제 진수를 비춘다.

유진 둘은 기가 막히게 시간을 달리하여 출근하고 있습니다.

진수, 눈이 튀어나올 듯이 게임에 열중이다.

유진 저 분노의 마우스질, 저 분노의 키보드질. 심상치 않은 바람이 불고 있습니다. 저 방은 폭풍 전야. 하지만 내일을 걱정하지는 않으셔도 됩니다. 폭풍의 날을 맞이하기엔 저 방의 사양이 너무 낮기 때문이지요.

진수 어! 어! 누나, 이거 뭐야?

유진 뭐긴, 다운된 거지.

유진, 소파를 쳐다본다.

코 고는 소리가 들린다.

유진 불 꺼진 방도 있습니다. 얼마 안 가 이 소파는 완
전히 내려앉을 겁니다. 하나 바뀌지 않을 것 같은
일상의 권태와 하루하루가 버거운 삶의 무게를 감
당하기에, 이 소파는 이미 너무 오래되었습니다.

유진, 소파에 무릎담요를 덮어준다.

코 고는 소리가 잠깐 멈추었다가 다시 이어진다.

사이

다시 조명이 수열을 비춘다.

수열, 꾸벅꾸벅 졸고 있다.

수열 최고차항의 계수가 양수인 삼차함수 $f(x)$에 대
해…… 에프엑스…… 설리야…… 행복해야 해.

다시 조명이 진수를 비춘다.

진수는 또 게임에 열중이다.

유진   그런데 저 두 사람은 왜 굳이 여기에 오는 걸까
요? 이제는 따로 들락거리며 마주치지도 않는데,
나는 왜 저 둘이 무언가 얘기를 나누고 있는 것처
럼 느껴지는 걸까요? 하긴 학교에서 저 둘은 자주
마주쳤을 테고, 무언가 이야기를 나누기도 했을
겁니다.

사이

진수와 수열은 학교에서의 어느 날로 간다.

진수   (객석을 향해) 기자들이 학교 주변을 어슬렁거리
고,

수열   선생들은 애들 입단속 하느라 분주하던 어느 날.

사이

진수   (수열에게) 저…… 선생님.

수열   (객석을 향해) 나는 교무실에서 휴대폰으로 기사 하나를 읽고 있습니다.

진수   선생님.

수열   학교 폭력으로 자살한 아이의 부모가 고소를 했는데, 학교 측과 담임교사의 법적 책임이 40퍼센트 인정되었다는 기사입니다.

진수   (객석을 향해) 걱정이 좀 되시나 봅니다. 뭔가 위로의 말씀을 드리고 싶어지네요.

진수, 무슨 말을 하려다 만다.

수열   이 녀석이 아무 말도 하지 않으면 좋겠습니다.

진수   말하고 싶습니다.

수열   하지 마.

둘, 서로를 노려본다.

사이

진수   "그래도 L은 죽진 않았잖아요?"라고 말하고 싶습니다.

수열 나는 이 녀석이 그 말을 할 수 없다는 걸 압니다.

진수 말하고 싶습니다. 해버리고 싶습니다. "실은 당신도 그렇게 생각하고 있잖아?"라고. "다행이라고 생각하고 있잖아!"라고.

사이

진수 드릴 말씀이 있는데요.

수열 어.

진수 전 답이 분명해서 수학이 좋아요. 그런데요, 선생님. 사는 것과 가장 비슷한 수학 개념은, 문제는 뭘까요?

수열 뭐?

진수 22 나누기 7은 3.142587142587142587…….

수열 야.

진수 계속 이렇게 반복되는 게 사는 건가요? 아니면 원주율처럼 주기도 없이 계속 어지럽게 이어지기만 하는 거, 그게 사는 거예요? 차라리 반복이라도 되는 게 좋은 건가요?

사이

수열   (객석을 향해) 다시 어느 날. 내가 학교를 떠나는 날입니다. 교무실에서 다른 선생들과 인사를 나누고 있는데,

진수   억울하게 쫓겨나는 사람이 어째 환하게 웃고 있습니다.

수열   환하게, 까지는 아닙니다.

진수   저…… 선생님.

수열   나는 책상 위의 물건들을 정리하고 있습니다.

진수   그 손길이 아주 경쾌하기까지 합니다.

수열   (이를 악다물며) 경쾌, 까지는…….

진수   (수열의 말을 자르며) 선생님.

수열   어.

진수   드릴 말씀이 있는데요.

수열   어, 해.

진수   ……아니에요.

수열   어, 그래.

진수   미분의 개념은 잘게 쪼갠다는 거잖아요?

수열   어? 어, 그렇지.

진수   어떤 수학자가 그러대요. 잘게 쪼개면 변화를 알

수 있고, 그걸 통해 그 다음을 예측할 수 있다고. 그래서 미분이 필요하다고.

수열 하고 싶은 얘기가 뭐냐?

진수 알고 싶어요. 저의 미분값이오. 어떤 순간, 순간의 제 미분값을 알면, 앞으로 제가 어떤 인간이 되어 갈지도 알 수 있는 거잖아요?

사이

수열 (뭔가 말하려다) 종 친다. (객석을 향해) 실은 따져 묻고 싶습니다. 어떤 순간의 미분값을 알고 싶은 거냐, 어떤 순간!

진수 (객석을 향해) 실은……. (무슨 말을 하려다 만다.)

수열 압니다, 알아요. 저 녀석이 말하고 싶은 건 이거겠죠. 네가 선생이냐, 이런 식으로 도망가고 있는 네가 앞으로 어떤 인간이 될지 뻔하다, 등등…….

진수 실은…… 나도 힘들다고, 어떻게 해야 할지 모르겠다고 말하고 싶습니다.

수열, 진수 하지만…… 우린, 끝내,

진수 말하지 못하고

수열 듣지 못합니다.

사이

피시방의 소음이 커지며 다시 현재가 된다.

진수는 다시 게임에 열중하고, 수열은 존다.

유진　　(창밖을 보며) 어, 선생님! 구형 그랜저, 주차장에
　　　　들어왔어요. 선생님이 찾는 차, 저거 아니에요?

수열, 벌떡 일어나 창가로 간다.

유진　　어떤 영감님이 타고 있는데요? 에이, 첫사랑이라
　　　　도 찾는 줄 알았더니.

수열, 후다닥 나간다.

진수, 유진에게 다가간다.

진수　　누나, 나 '짜장범벅'.

유진, 못 들은 채 컴퓨터 화면만 본다.

진수, 유진이 보고 있는 화면을 덩달아 본다.

진수	누나!
유진	(화면을 가리며) 뭐! 뭐…….
진수	(분노하며) 우와.
유진	카운터 프로그램이야.
진수	사람들이 어디에 들어가서 뭐 보는지 이때까지 다 훔쳐봤다는 거 아냐.
유진	피시방 카운터에는 다 있는 프로그램이야.
진수	진짜?
유진	진짜지 그럼.
진수	딴 데는 다 있어도 여긴 없어야 하는 거 아니에요?
유진	왜? 왜, 여긴 뭐 달라? (진수의 눈치를 살피다가) 배신감 느끼냐?
진수	됐어요.

가은, 들어온다.

유진	야, 내가 너 생각하는 거 알면 그런 말 못 할걸?
가은	무슨 생각이요?
유진	아, 깜짝이야.

가은　　어떤 생각이요?

유진　　좀 전에도 내가 진수 위해서 거짓말해줬단 말이
　　　　야.

진수　　네?

유진　　그 애가 너 찾아왔었어. 처음엔 잘 몰랐는데, 자세
　　　　히 보니까 영상에 나온 그 애 맞더라구. 너 찾길
　　　　래…….

가은　　누구요?

유진　　K.

가은　　그래서요?

유진　　요새 안 온다고 했지.

가은　　(진수에게) 걔 왜 그러니? 학교에서도 괜히 네 주
　　　　변에 얼쩡거리고.

진수, 자리로 돌아가 게임 한다.

유진　　왜 얼쩡거리는데?

가은　　모르죠. 한동안 안 그러는 거 같더니.

유진　　예전에도 그랬다는 거야?

가은　　중학교 때 걔가 진수 엄청 물고 늘어졌어요. 자기
　　　　네 조직으로 들어오라고. 유치해.

유진　　진수가 좀 세 보이긴 하지.

가은　　그래요? 제가 보기엔 전혀 안 그런데.

유진　　당연히 네 눈엔 안 그렇겠지.

가은　　(입을 삐죽거리다가) 하여튼 진수를 바라보는 K 눈
　　　　빛이 정말 싫었어요.

진수, 갑자기 고개를 들어 객석을 노려본다.

진수　　사실 전 K의 눈빛이 싫지도 좋지도 않았습니다.
　　　　마주치면 피곤하니까 그냥 피했을 뿐인 거죠. 그
　　　　애도 내 마음을 다 알고 있었던 것 같아요. 툭하면
　　　　같이 놀자고 하던 애가 점점 입을 다물어갔으니까
　　　　요. 우린 서로를 꼴 보기 싫어하면서도 아무 말 않
　　　　고 잘 지냈습니다. 근데, 그 일이 있고 난 뒤로 그
　　　　녀석이 자꾸만 나를 보며 씨익 웃습니다. 다 안다
　　　　는 듯이……. 나는 보지 않으려 하지만 자꾸만 보
　　　　게 됩니다. 살짝 올라간 입꼬리, 피식 새어나온 짧
　　　　은 숨이, 나를 그날 그 옥상으로 자꾸만 몰아세웁
　　　　니다.

진수, 키보드를 내려친다.

가은, 사물함을 바라본다.

유진   그거 언제 가져갈 거야?

가은   며칠만 좀 두게 해주세요. 죄송해요.

수열이 무대 앞쪽으로 들어온다.

수열   (어둠을 향해) 교장 선생님, 잘 계셨……지요? 예,
           저야 뭐……. 또 그렇게 부르시네요. 박수열 선생
           님—. 아, 아닙니다. 말씀하세요. 네? 인터뷰라니
           요? 아니요. 저는 응한 적이 없습니다. 절대로요.
           없다니까요! 아, 죄송합니다. 정말 없거든요. 저,
           선생님. 그냥 가시면 어떡합니까. 교장 선생님! 선
           생님! 야! 호…….

수열, 나간다.

조명이 피시방에 있는 진수만을 비춘다.

진수, 사물함의 번호키를 이리저리 돌려본다.

가은, 멀리서 그 모습을 지켜본다.

사이

수열이 씩씩거리며 피시방으로 들어온다.

이 장면에서 처음으로 네 사람은 같은 시간에 함께 있다.

수열과 진수는 서로의 존재를 아는지 모르는지 눈길 한 번 주지 않는다.

유진과 가은만이 살짝 긴장하며 둘의 눈치를 살핀다.

수열   (새삼 주변을 둘러보다가 객석을 향해) 난 왜 이리로 돌아왔을까요? 나는 얼마 전까지 다른 세계에 속해 있었습니다. 그래요, 어른들의 세계. 그런데 배제당한 겁니다. 쫓겨난 겁니다. 어디로 가야할지 모르겠더군요. (벌떡 일어서며) 다시 그 세계 안으로 들어가야 합니다. 아니면 제가 뭐가 됩니까.

수열, 비장하게 마우스를 누른다.

유진   (컴퓨터 화면을 보며) 교육청?

수열이 키보드를 누르며 글을 써내려 간다.

유진이 실시간으로 이를 읽는다.

유진   본 고등학교의 교장은 1학년 3반 K군의 폭력 사건
을 무마해주는 대가로……. (수열을 보며 혼잣말로)
후회하지 않을 자신이 있는 걸까요?

수열, 마치 이를 듣기라도 한 것처럼 잠시 망설이다가 이내 미친 듯
이 키보드를 누른다.
잠시 후, 쓰기를 마친 수열이 마우스에 손을 올려놓는다.
다시 한 번 망설인다.

유진   (다시 혼잣말로) 과연, 이 분은 진짜 글을 올릴까
요? 진짜?

수열, 마우스에서 손을 뗀다.
머리를 감싸고 테이블에 엎드린다.
유진, 뭔가 아쉬운 듯 입을 삐죽거린다.

사이

피시방의 소음들, 밖에서 들려오는 오토바이 소리, 구급차 소리 등이
한데 섞인다.
다시 긴 정적.

유진 새삼 이 방들이 갑갑하게 느껴집니다. 나는 아버지가 왜 이 방들을 내게 맡기고 있는지 압니다. 자기가 이 방에 들어오고 싶지가 않은 거죠. 차라리 문을 닫고 싶을 거예요. 그래야 뭔가를 다시 시작할 수 있으니까. 하지만 그러기엔 너무 늦었습니다. 그래서 문을 닫을 수도 없죠. 온전히 열릴 수도 온전히 닫힐 수도 없는 저 문, 그래서 한없이 무기력하기만 한 이 방. (한숨 뱉으며) 가은아.

가은 왜요?

유진 카운터 좀 봐줄래? 동네 한 바퀴 휙 돌고 올게. 혹시 손님 오면 아무 데나 앉으라고 하고, 여기에 테이블 번호만 체크해주면 돼. 일 있으면 전화 줘. 바로 튀어 올게.

가은 그럼 사물함 저기 좀 놔둬도 돼요?

유진 내가 언제 안 된댔어? (돌아서려다 의자 하나를 가리키며) 참. 저기 9번에 앉아 있는 애, 잘 보고 있어.

가은 왜요?

유진 아홉 시간째 게임 중이거든.

가은 혹시 쓰러지기라도 할까 봐요?

유진 아니. 돈이 없는 거 같아. (의자를 보며) 이젠 지쳐

서 게임도 안 하네. 몇 시간 전에 친구들한테 겜방
비 좀 갖다 달라고 전화 돌리더라구. 지금도 열심
히 카톡 날리고 있는 거 같은데, 계속 씹히나 봐.

가은   어떡해.

유진   가끔 오는 애라 봐줄까 싶기도 한데, 버릇 될까
봐…….

가은   도망갈지도 모르겠네요?

유진   글쎄. 착한 앤 거 같던데……. 그냥 보기만 봐. 도
망가면 내버려두고.

가은   네?

유진   부탁해—.

유진, 나간다.

가은, 카운터 테이블에 앉는다.

진수와 수열의 휴대폰이 차례로 울린다.

진수   왜.

수열   어.

사이

진수, 수열   지금? 알았어.

두 사람, 전화를 끊고 나가려 한다.

가은   (수열에게) 가세요? (진수에게) 어디 가?

둘 다 말없이 나가려 한다.

가은   계산하셔야죠.

두 사람, 자신의 테이블 번호가 찍힌 카드를 내민다.
가은, 그것을 받아 체크한다.

가은   진수 2,400원. 선생님 3,600원이요.

두 사람, 돈을 내고 차례로 나간다.
가은, 걱정스러운 눈으로 그들의 뒷모습을 본다.
카톡 알림음이 울리자 가은이 자신의 휴대폰을 확인한다.

가은   민지다!

휴대폰을 보는 가은의 얼굴에 근심이 어린다.

카톡의 내용이 영상으로 전달된다.

"가은아. L 사물함 번호 생각났어. 진짜 쉬워. 걔가 여는 거 보고 내가
그랬거든. '그걸 비번이라고!' 0000, 쩔지?"

사이

가은, 키를 만지작거린다.

．

진수와 수열

가은이 있는 피시방을 둘러싸고, 나머지 인물들이 속한 외부 공간이
펼쳐진다.

진수와 수열이 등장해 각자 걷는다.

진수   엄마는 가게를 빼기로 했다고 한다.

수열   그녀가 결혼을 미루자고 한다.

진수   엄마는 너무 지쳤다고 한다.

수열   그녀는 내 미래가 막막하다고 한다.

진수   아무리 씻어도 손에서 가시지 않는 김밥 냄새가,
엄마는 이제 싫어졌다고 한다.

수열   아무리 창을 열고 공기청정기를 돌려도 가시지 않
는 신도시의 새집 냄새가, 그녀는 견딜 수 없다고
한다.

진수, 수열   그런데,

진수   왜 그 이야기를 들으면서,

수열   왜 화가 나질 않는 걸까.

진수   나는 엄마에게 가고 있는 게 아니다.

수열   나는 그녀에게 가고 있는 게 아니다.

둘, 다시 걷는다.

가은 우리는 어쩔 수 없이 자꾸만 그날로 가고 있습니다. L은 두 번의 다리 수술을 잘 마치고, 이제 걸을 수 있게 되었다고 합니다. 그런데 정작 절뚝이고 있는 건 우리인지도 모릅니다. 그날 이후로 수없이 컴퓨터를 껐다가 켰습니다. 그런데 아직 우리는 창 하나를 닫지 못했습니다. 차마 클릭을 하지 못한 채로 꺼버렸습니다. 그래서 우린 아직도 절름거리며 그날로 가고 있는지도 모르겠습니다.

가은, 모니터에서 뭔가를 발견한 듯 궁금해하며 마우스를 누른다.
무대에 동영상이 펼쳐진다.
몇몇 아이들이 온갖 욕설을 퍼부으며 한 아이를 구석으로 몰고 있다.
피시방의 유선전화가 울린다.
가은, 소리가 들리지도 않는지 내버려둔다.
유진, 무대 한쪽에 등장한다.
초조한 기색이 역력하다.

유진 (전화기에 대고) 앤 왜 전화를 안 받아? (다시 전화

를 걸어) 진수 너, 어디야? 아니. 아니. 네 친구, 걔,
가은이 전화번호 뭐니?

진수 왜요?

유진 그게…… 피시방 전화를 안 받네, 가은이가. 아니,
그게 아니라. 내가 너한테 말 못한 게 있는데, 있
잖아…….

유진과 진수는 무언無言의 통화를 하며 빠르게 걷다가 달리기 시작한
다.
수열, 뜯지 않은 담배를 들고 서 있다.

수열 (뜯으려다가) 에이, 어떻게 끊은 건데……. (비닐 포
장을 뜯고는) 어어. 이러려던 게 아닌데, 이놈의 손
이 왜 이래……. 어허! 누가 뜯으래. (이미 담배를
문 채로) 영감탱이. 하지도 않은 인터뷰를 했다고.
(울리는 전화를 한참 보다가 결국 받으며) 어, 자기야.
미안해. 좀 늦을 거 같아. 바빠서 그래. 학교 안 나
가면 난 뭐 일도 없는 줄 알아? 내일 얘기해. 내일
얘기하자고! (수열, 전화를 끊고는) 영감탱이한테
내가 뭘 더 기대하는 거야. 글 올린다. 올린다!

수열, 휴대폰으로 글을 쓰기 시작한다.

수열   본 고등학교의 교장은 1학년 3반 K군의 폭력 사건을 무마해주는 대가로……. (못 쓰겠다는 듯 고개를 숙이며) 에이 씨.

유진과 진수가 차례로 수열의 곁을 지난다.

수열   닥치자, 닥쳐. (휴대폰 화면에 손을 대는데) 어, 뭐야. 왜 이래. 나, 확인 버튼 누른 거 아냐. 그런 거 아니야, 아니라니까! 침착하자, 침착해. 누가 읽기 전에 삭제하면 되잖아. 안 그래? 어? 어, 배터리. 꺼지지 마. 꺼지지 마!

이제 세 사람 모두 무대에서 뛴다.

가은   잠깐만!

세 사람, 갑자기 멈춘다.

가은   진수야, 실은 나…… 나도 그날 L을 봤어. 학원 가는 길에. 나 그날 진짜 학원 가기 싫었다? 땡땡이 치려고 민지랑 카톡하면서 약속까지 다 잡아놨거든. 학원 근처에서 새기로 하고 가던 중이었는데 L을 만난 거야. 내가 인사를 했는데, L이 고갯짓으로 앞쪽을 가리켰어. K와 그 친구들이 앞서 걷고 있었지. 난 생각했어. 그러니까 너 지금 끌려가고 있는 거니? 아니지? 도망가면 되잖아. 그래, 아닐 거야. 누구한테라도 알려야 하는 건가? 그치만 무슨 일이 벌어진 것도 아닌데……. 난…… 학원으로 갔어. 진짜 가기 싫었는데, 막 뛰어갔어. 수업도 들었어. 아니, 그냥 앉아 있었어.

수열   자기야. 그날 나, 간만에 기분이 참 좋았다? 내가 지도하는 수학반 애가 올림피아드에서 우승해서 교장한테 칭찬 들었지, 깜빡했다가 뒤늦게 로또 맞춰봤더니 3등 당첨이래지. 게다가 부동산에서 전화가 왔어. 완전 새 아파트 전세가 하나 나왔다고, 급하게 내놔서 시세보다 천만 원이나 싸다고. 그날따라 그렇게 시간이 안 가더라. 혹시 그새라도 집 나갈까 봐 마음은 급해지고, 교무회의 끝나자마자 허겁지겁 버스를 타고 가는데, 부동산에 다 와가는데…… 경찰한테 전화가 온 거야. 피

해자 아이가 부모가 아닌 선생을 불러달라고 했다
고. 예? 이름이 뭐라고요? 분명히 2반이라고 했어
요? 얼굴을 기억해내는 데 시간이 좀 걸렸어. 가긴
해야겠지, 하고 생각하면서 버스에서 내렸어.

가은   수업에 집중을 하나도 못 했어. 나도 모르게 노트
에 이런 말을 반복해서 쓰고 있더라구. 너무 늦었
어……. 너무 멀어…….

수열과 진수가 피시방에 도착한다.
유진이 찍은 영상이 무대에 재생된다.
몇몇 사람들이 창문 너머로 상황을 훔쳐보고 있는 모습이다.

가은   저것 봐. 사람들이 어떻게 저래? 아냐, 저 사람
들도 나하고 똑같이 생각하고 있겠지. 이미 늦었
어……. 왜 항상 우린 너무 늦는 걸까. 아니, 너무
늦었다고 생각하는 걸까. (사물함을 바라보며) 나는
왜 뒤늦게 L의 사물함을 가지고 온 걸까.

재생되고 있는 영상 속에 진수가 나온다.
가은, 놀란다.
영상 속의 진수가 일이 벌어지고 있는 옆 건물 옥상에서 상황을 지

켜보고 있다.

가은, 영상 속의 진수와 무대 위의 진수를 번갈아 본다.

가은　　너야? 정말 너야? 네가 왜 저기 있어? 왜 저렇게
　　　　　가까이 있어? 바로 옆 건물 옥상에 있었던 거야?

수열　　이거 누가 찍은 거야?

유진, 등장했다가 숨는다.

수열, 컴퓨터 화면을 살펴본다.

수열　　인터넷에 돌던 건 3분짜리였어. 이건 47초가 더
　　　　　붙어 있는데?

진수, 갑자기 신경질적으로 키득거린다.

진수　　몰랐어. 씨발, 내가 저런 얼굴을 하고 있는 줄 몰
　　　　　랐어. 저것 봐. 저것 좀 봐봐요.

그때 유진이 등장해 차단기를 내린다.

일순간 무대가 깜깜해진다.

진수 그날. 난 엄마의 부탁으로 한 사무실에 김밥을 배달하러 갑니다. 무슨 일인지 사람들이 창문가에 몰려 있습니다. 그 사람들 곁으로 다가가 그 사람들이 보고 있는 것을 나도 봅니다. 얼떨결에 김밥값을 받아든 나는 건물을 빠져나옵니다. 가게로 돌아가는 길, 나는 갑자기 멈춰 섭니다. 돌아섭니다. 뜁니다. 뛰어 올라갑니다. 그 아이들의 모습을 가장 잘 볼 수 있는 건물로. (사이) 나는 K의 주먹을 봅니다. 그리고 L을 봅니다. 멍들고 찢어진 얼굴로 비굴하게 빌고 있는 L을. 하지만 더 싸늘해지는 K의 눈을 봅니다. 이제 나는 K의 다음 동작을 예상하기 시작합니다. 킥일 겁니다. 간신히 일어서려는 L의 가슴팍을 내리찍을 겁니다. 마침표를 찍듯이.

수열, 불을 켠다.

진수 저는 목격자입니까? 아니면 가해자? 그것도 아니면 나 역시 피해자? 그냥 방관자?

수열 그날 병원에서 만난 L의 첫마디가 너였다고. 아니, 네가 자기를, 그 상황을 봤다고. 네가 다

말해줄 수 있을 거라고.

진수 하지만 당신은 나한테 아무것도 물어보지 않았어.

수열 물어볼 필요가 없었지. 난 네가 아무 말도 하지 않을 거라는 걸 알고 있었으니까.

진수, 주먹을 쥐고 부들부들 떤다.

진수 난 그날의 내 얼굴이, 내 눈이 어땠는지를 단 한 번도 떠올려본 적이 없습니다.

진수, 스스로 영상을 재생시킨다.

진수 K처럼, 아니 K보다 더 싸늘하게 웃고, 더 이글거리는 저 눈. 불과 두어 시간 전에 L을 만났을 때 운동화 밑에서 짓이겨지던 꽃잎을 떠올리면서 웃고 있는 저 눈을 난 한 번도 떠올려본 적이 없습니다.

수열 진수야.

진수 씨발, 당신이 나한테 그랬지.

수열 "이왕 입 닫을 거면 끝까지 쭉 닫아라."

진수 그 말은 하지 말지 그랬어.

수열 확인은 필요했으니까.

진수   기분 더러웠어. 고개를 끄덕이는 순간, 이런 게 어른이 되는 거구나 싶어서. 그것도 당신 같은 어른.

수열   내가 핑계를 만들어준 거지. 내가 그 말을 하지 않았어도, 넌 어차피 계속 입을 닫을 거였어. 아니야?

수열이 진수에게 다가서자, 진수가 뒷걸음질한다.

영상 속의 진수도 뒷걸음질한다.

진수   내가 지금 여기에 왜 있는 거지? 뭘 보고 있는 거지? 정신이 번쩍 듭니다. 뒤돌아서려는 순간, 나는 K와 눈이 마주치고 맙니다. K가 의미심장하게 웃습니다. (사이) 그 눈과 웃음이 말합니다. 이진수, 너…….

진수, 휴대폰을 꺼내 전화를 건다.

진수   개새끼. 너, 어디야? 어디냐고, 이 개새끼야!

긴 사이

스스로 전화를 끊는다.

진수   더 이상 K를 핑계 삼을 수 없다는 거, 이제야 알겠습니다. 개새끼는 내 가슴속에 있다는 것도 이제야 알겠습니다. (사이) 처음으로 나는 내 안의 개새끼와 마주하고 있습니다. 이제 내 안의 개새끼와 계속 싸워나가야 한다는 것을 문득 깨닫습니다.

모두 나간다.

사이

가은이 들어와 사물함에 다가간다.
열쇠를 만지작거리다가 사물함을 들고 나간다.

에필로그

유진, 들어온다.

한 의자 곁으로 다가간다.

유진   저기, 학생. 학생―. (상대가 반응이 없는지) 야! 언제까지 잘 거야. 일어나, 그만. 그냥 가도 돼. 껌방비 안 내도 된다고. (한숨 쉬며) 네가 가야 여기 문을 닫을 수가 있거든. 그래야 우리 아빠도 나도 뭐가 됐든 새로 시작할 수 있거든.

유진, 공간을 천천히 둘러본다.

사이

세 사람, 차례로 들어온다.

'프롤로그'에서처럼 서 있거나 앉는다.

가은   병원에 다녀오는 길이에요. L한테요. 사물함을 가져다주려구요. 진수가 들어다주긴 했는데, 병원에

는 못 들어가겠다고 해서 저 혼자 갔어요. L과 한
참 수다를 떨고 왔더니, 입이 다 아프네요. 아, 참.
오는 길에 이걸……. 크크크.

가은이 학원 홍보 포스터를 펼친다.
포스터 속에서 수열이 멋진 포즈로 서 있다.

가은   우와, 이 물광 피부. 비비에 포샵에……. 강남 일타
가 되셨더라구요. 매니저도 있다는 소문이…….

수열   세상의 수포자들이여, 모두 내게로 오라! 수학 신
공의 길로 인도하리라!

가은   솔직히 진수가 예전처럼 편하지 않은 건 사실이에
요. 진수는 그냥 조용히 지내고 있어요. 말수가 좀
더 줄긴 했죠.

유진   영상이요? 네. 가지고 있어요. 아직 안 지웠습니
다. 저를…… 보려구요. 아니요. 그 영상에 제가 등
장하진 않죠. 영상은 정확히 3분 46초에 끝이 나
고 1초의 검은 화면이 있죠. 거기에 제가 보여요.
제 눈에만 보이는 거죠. 저는 그때, 그러니까 아
이가 뛰어내리자마자 놀라서 정지 버튼을 눌렀어
요. 하마터면 당황해서 삭제 버튼까지 누를 뻔했

죠. 전 떨리는 손가락으로 재생 버튼을 눌러 제가 찍은 영상이 제대로 저장됐는지를 확인했습니다. 네? (사이, 고개를 끄덕이며) 네, 119에 전화를 한 건 제가 아닙니다.

수열   교장실에서 말입니다. 제가 봤던 돈 봉투 말입니다. 교장이 왜 그걸 일부러 숨기지 않았는지, 이제야 그 의미를 알 거 같습니다. 인간과 인간을 가장 단단한 관계로 묶어주는 건 기쁨도 슬픔도 아닙니다. 그런 것들은 오래가지 못하죠. 가장 확실한 끈은,

진수   수치심. 수치심입니다.

수열   교장의 손을 덥석 잡았던 내 손.

진수   꾹 다물었던 내 입.

유진   카메라 뒤에 숨었던 내 눈.

가은   마치 주문을 걸 듯, 늦었다고 멀다고 되뇌던 내 마음.

네 사람, 서로를 쳐다본다.

사이

수열 인터뷰 말입니다. 전 교장한테 인터뷰를 한 적이 없다고 계속 주장했습니다. 아무리 생각해봐도 정말 한 적이 없거든요. 그런데 어느 날 이런 생각이 들더군요.

진수 사실은…… 이런 인터뷰를 수도 없이 한 거 같다는…….

가은 네, 맞아요.

진수 제 자신에게,

수열 또 아무도 모르는 누군가에게,

유진 혹은 허공에 대고 한 것일 수도 있죠.

진수 지금도 누구에게 이 이야기를 하고 있는 건지는 잘 모르겠습니다. 하지만 하고 있는 건 분명하죠. 아마 또 하게 되겠죠. 계속하게 되겠죠.

막.

작 가 노 트

그런 생각을 하곤 했다.

항상 사건은 순식간에 벌어지고, 우리가 그 사건을 이야기하는 시간은 길다. 당연한 말이지만, 사건 자체뿐만이 아니라 전과 후가 있기 때문이다. 그리고 사건 발생 직후에는 그것 자체를 물리적으로 묘사하려 들지만, 시간이 흐를수록 우리에게 남는 것은 어떤 감정이나 생각이다. 나는 후자에 대해서 말해보고 싶었다. 그래서 사건이 벌어진 이후를 극의 시작점으로 삼았다. 또, 사건의 피해자나 가해자가 아닌 다양한 목격자들이 극을 끌어가게 하고 싶었다. 사건의 극적인 진행이 아닌, 목격에 관한 진술 말이다.

나 역시 지금까지 살아오면서 수많은 상황의 목격자였다. 이 극에 나오는 어떤 인물처럼 상황 해결에 도움을 주지 못했다는 죄책감을 느끼기도 했고, 때로는 호기심의 차원에서 즐

기거나 쾌감을 느끼고는 불편해하기도 했다. 하나같이 찜찜한 감정이다. 어떻게든 해소하고 싶지만 쉽지도 않다. 그래서 도리어 당사자들을 탓하기도 하고, 애먼 사람에게 신경질을 내기도 한다. 어찌할 바 몰라 발을 동동 구르고, 끊임없이 딴데 정신을 팔아보지만 자꾸만 그 상황으로 돌아오고 만다. 그래서 말이라도 하게 된다. 이야기를.

이 극의 인물들은 관객에게 직접 말을 한다. 상황을 묘사하기도 하고 그 순간의 자기감정에 관해 서술하기도 하는 것이다. 배우의 연기를 가정했을 때, 쉽지 않은 부분이기도 하다. 하지만 오직 말하기를 통해 관객을 그 순간으로 끌어들인다는 것은, 연극 자체가 가지는 매력 중 하나이지 않을까. 실제의 이미지가 아닌 오직 배우에 의해서 그려지는 이미지는 관객으로 하여금 더 큰 상상력을 불러일으키기도 하니까 말이다. 그리고 이 같은 말하기 방식을 선택한 또 하나의 이유가 있다. 일상에서 누구에게도 쉽게 터놓을 수 없다고 여겼기 때문이다. 이때 무대는 다양한 고백의 장場이 된다. 자기 합리화와 수치심, 거짓과 진실을 동반하면서……. 반드시 해소와 해결을 위해서는 아닐 것이다. '이야기할 수밖에 없는 나', '이야기하고 있는 나'를 한번 들여다보는 것이다. 서로가 서로를 한번 들여다보는 것이다.

연 출 노 트

박해성(연극 연출가)

이 연극은 여러 인물의 이야기를 따라 진행된다. 등장인물 중엔 청소년도 있고 성인도 있다. 각자가 자신의 시각으로 삶과 사건을 바라본다. 그런데 청소년의 시각과 성인의 시각이 따로 구분되지 않는다. 이 연극은 그렇게 '청소년'과 '성인'이라는 이름을 지우고, 그저 각각의 '인물'일 뿐인 이들의 이야기를 따라간다.

청소년은 미숙한 성인이 아닌, 스스로 세상과 관계를 맺는 주인공 중 하나다. 물론 세상은 두렵고 혼란스럽다. 마찬가지로 성인도 성숙한 청소년이 아니기에, 허세와 비겁함 사이를 오가며 혼란스러워한다. 청소년은 성인의 과거가 아니며, 성인은 청소년의 미래가 아니다. 성인과 청소년은 혼란스러운 세상을 함께 살아가는, 각각의 존재일 뿐이다.

이 연극은 교실이 아닌 피시방을 배경으로 한다. 교실은 세상과 동떨어진 공간이다. 학교에서 일어나는 모든 일은 청소년이 주인공인 것처럼 돌아가지만, 모든 청소년이 학생인 것도 아니고, 청소년만이 세상의 주인공인 것도 아니다. 이 연극의 배경은 모두가 주인공이면서 동시에 모두가 단역일 뿐인 '세상'이다. 우리는 모두 각자의 책상에서 각각의 모니터만을 외롭게 응시하며 살아간다.

한 시간 남짓 펼쳐지는 이 극은 이미 지나간 어느 사건을 둘러싼 이야기이다. 한 사람의 상처와 고통만으로 끝나고 잊힐 수도 있는 그 3분짜리 사건이 세상에 알려짐으로써 여러 사람의 삶이 변했다. 그 사건이 한 사람의 피해로 끝나고 묻혀야 했을까? 그 3분이 여러 사람의 삶을 어떻게 변화시킨 걸까? 이야기는 이 같은 질문을 따라 이어지다가 그 3분 뒤에 숨겨진 47초와 예기치 않게 맞닥뜨린다. 그렇다. 이 연극은 사실 그 47초에 관한 이야기이다. 우리가 모르던 혹은 보고 들은 것을 기억하고 전하던, 누군가의 3분 혹은 나의 3분 뒤에 숨겨진 47초.

어쩌면 우리는 모두 그 47초를 지니고 있을지도 모르겠다. 기억하고 싶지 않은, 다른 이의 고통을 외면하거나 못 본 척하고 싶은, 혹은 정말로 보지 못했다고 생각하는 그 47초. 그 47초로 인해 그 고통은 내 것이 아니라 남의 것이 되었고, 나는 그렇게 고통 없이 살아왔다고 생각할지도 모르겠다. 그러는 동안 고통은 어느 한 사람의 몫이 되고, 고통 받은 사람은 다른 이에게 그 고통을 떠넘겼는지도 모를 일이다. 그렇게 고통의 고리는 끝도 없이 이어졌을 것이고, 우리는 곳곳에서 들리는 고통의 아우성 한가운데에 혹은 그 고리에 연결되어 있으면서도 계속 그 고통은 내 것이 아니라 남의 것일 뿐이라고 홀로 중얼거리고 있었는지도 모르겠다.

이 47초를 어떻게 해야 할까. 계속 묻어두어야 할까, 아니면 품속에서 끄집어내어 내 고통으로 받아들여야 할까.

우린 답을 모른다. 단지 혼란스러워할 뿐이다. 안타깝지만, 그것을 숨기지 않고 인정하는 것부터가 시작이다. 나만 그런 것이 아니었다는 것을 인지할 때, 새로운 길이 보일지도 모른다.

무 대 노 트

박상봉(무대 디자이너)

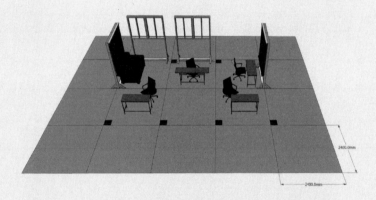

<3분 47초>의 중심 공간은 피시방이다. 현재의 이야기와 사건은 모두 피시방에서 이루어진다. 그리고 극 중간에 몇몇 외부 공간이 등장한다.

앞의 두 작품처럼 이 작품 역시 공간 구획을 통해 중심 장소와 주변 장소를 적절히 표현할 수 있다. 무대 바닥에 일정 크기의 그리드를 마킹 테이프로 표시한 다음 기둥의 위치를 설정해 따로 표시한다. 그런 다음 피시방과 외부 공간을 구분하는 창문틀과 문을 제작해 설치한다. 제작하기 힘들 경우 테이프로 표시해도 상관없다.

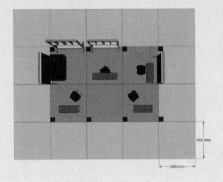

이 극의 중심 공간인 피시방을 둘러싼 ㅁ자 공간을 외부 공간으로 설정할 수 있다. 특히 길이나 건물 옥상, 등장인물들의 내적 갈등을 드러내는 장면에 사용하면 좋다. 따라서 배우들이 움직이기 쉽도록 대도구를 배치하여야 한다. 피시방의 경우 굳이 디테일을 살릴 필요는 없다. 컴퓨터 모니터를 놓을 경우 배우의 동선이나 표정 등이 잘 드러나지 않을 수도 있으니, 컴퓨터 테이블에는 키보드만 두고 연기한다.

창문틀 제작 방법

창문틀은 3*3 각재로 만든 다음 3*7 각재로 틀과 다리, 지지대를 만든다. 유리는 아크릴 판을 이용해 유리창의 질감을 만들면 되는데, 구현하기 어렵다면 비워둬도 상관없다. 좌우 창틀(건물 외부)의 경우 블라인드를 설치하여 뒤쪽 창(복도)과 구분한다.

XXL레오타드안나수이손거울

1판 1쇄	2016년 9월 19일
1판 2쇄	2022년 2월 4일
지은이	박찬규, 이양구, 한현주
펴낸이	김태형
펴낸곳	도서출판 제철소
등록	2014년 6월 11일 제2014-000058호
전화	070-7717-1924
팩스	0303-3444-3469
전자우편	right_season@naver.com
인스타그램	instagram.com/from.rightseason

ISBN 979-11-956585-3-4 43810